天津这块地里边，有碱有盐还有硝，
因生出各色性格的人，又热又辣又爽又嘎又不好惹。
因之，自儿时耳朵里就装满一群群乡土怪客与民间英雄，
叫我称奇叫绝……
如果没这些人物，就不知道嘛叫作天津卫。

目录

录

Contents

PART 1

俗世奇人

目录

Contents

PART 2

怪世奇谈

3

好嘴杨巴

俗世奇人

有绝活的，吃荤，亮堂，站在大街中央；
没能耐的，吃素，发蔫，靠边待着。

苏七块

苏大夫本名苏金散，民国初年在小白楼一带，开所行医，正骨拿环，天津卫挂头牌，连洋人赛马，折胳膊断腿，也来求他。

苏大夫本名苏金散，民国初年在小白楼一带，开所行医，正骨拿环，天津卫挂头牌，连洋人赛马，折胳膊断腿，也来求他。

他人高袍长，手瘦有劲，五十开外，红唇皓齿，眸子赛[1]灯，下巴一绺山羊须，浸了油赛的乌黑锃亮。张口说话，声音打胸腔出来，带着丹田气，远近一样响，要是当年入班学戏，保准是金少山的冤家对头。他手下动作更是"干净麻利快"，逢到有人伤筋断骨找他来，他呢？手指一触，隔皮截肉，里头怎么回事，立时心明眼亮。忽然双手赛一对白鸟，上下翻飞，疾如闪电，只听"咔嚓咔嚓"，不等病人觉疼，断骨头就接上了。贴块膏药，上了夹板，病人回去自好。倘若再来，一准是鞠大躬谢大恩送大匾来了。

人有了能耐，脾气准各色。苏大夫有个各色的规矩，凡来瞧病，无论贫富亲疏，必得先拿七块银圆码在台子上，他才肯瞧病，否则决不搭理。这叫嘛规矩？他就这规矩！人家骂他认钱不认人，能耐就值七块，因故得个挨贬的绰号叫作：苏七块。当面称他苏大夫，背后叫他苏七块，谁也不知他的大名苏金散了。

---

[1] 赛：天津方言，像或似的意思。

苏大夫好打牌，一日闲着，两位牌友来玩，三缺一，便把街北不远的牙医华大夫请来，凑上一桌。玩得正来神儿，忽然三轮车夫张四闯进来，往门上一靠，右手托着左胳膊肘，脑袋瓜淌汗，脖子周围的小褂湿了一圈，显然摔坏胳膊，疼得够劲。可三轮车夫都是赚一天吃一天，哪拿得出七块银圆？他说先欠着苏大夫，过后准还，说话时还哼哟哼哟叫疼。谁料苏大夫听赛没听，照样摸牌看牌算牌打牌，或喜或忧或惊或装作不惊，脑子全在牌桌上。一位牌友看不过去，使手指指门外，苏大夫眼睛仍不离牌。"苏七块"这绰号就表现得斩钉截铁了。

　　牙医华大夫出名地心善，他推说去撒尿，离开牌桌走到后院，钻出后门，绕到前街，远远把靠在门边的张四悄悄招呼过来，打怀里摸出七块银圆给了他。不等张四感激，转身打原道返回，进屋坐回牌桌，若无其事地接着打牌。

　　过一会儿，张四歪歪扭扭走进屋，把七块银圆"哗"地往台子上一码。这下比按铃还快，苏大夫已然站在张四面前，挽起袖子，把张四的胳膊放在台子上，捏几下骨头，跟手左拉右推，下顶上压，张四抽肩缩颈闭眼龇牙，预备重重挨几下，苏大夫却说："接上了。"当下便涂上药膏，夹上夹板，还给张四几包活血止疼口服的药面子。张四说他再没钱付药款，苏大夫只说了句："这药我送了。"便回到牌桌旁。

　　今儿的牌各有输赢，更是没完没了，直到点灯时分，肚子空得直叫，大家才散。临出门时，苏大夫伸出瘦手，拦住华大夫，留他有事。待那二位牌友走后，他打自己座位前那堆银圆里取出七块，往华大夫手心一放。在华大夫惊愕中说道：

"有句话，还得跟您说。您别以为我这人心地不善，只是我立的这规矩不能改！"

华大夫把这话带回去，琢磨了三天三夜，到底也没琢磨透苏大夫这话里的深意。但他打心眼儿里钦佩苏大夫这事这理这人。

刷子李

刷子李是河北大街一家营造厂的师傅。专干粉刷一行，别的不干。

码头上的人，全是硬碰硬。手艺人靠的是手，手上就必得有绝活。有绝活的，吃荤，亮堂，站在大街中央；没能耐的，吃素，发蔫，靠边待着。这一套可不是谁家定的，它地地道道是码头上的一种活法。自来唱大戏的，都讲究闯天津码头。天津人迷戏也懂戏，眼刁耳尖，褒贬分明。戏唱得好，下边叫好捧场，像见到皇上，不少名角便打天津唱红唱紫、大红大紫；可要是稀松平常，要哪没哪，戏唱砸了，下边一准起哄喝倒彩，弄不好茶碗扔上去，茶叶沫子沾满戏袍和胡须。天下看戏，哪儿也没天津倒好叫得厉害。您别说不好，这一来也就练出不少能人来。各行各业，全有几个本领齐天的活神仙，刻砖刘、泥人张、风筝魏、机器王、刷子李等等。天津人好把这种人的姓，和他们拿手擅长的行当连在一起称呼。叫长了，名字反没人知道。只有这一个绰号，在码头上响当当和当当响。

　　刷子李是河北大街一家营造厂的师傅。专干粉刷一行，别的不干。他要是给您刷好一间屋子，屋里任嘛甭放，单坐着，就赛升天一般美。最让人叫绝的是，他刷浆时必穿一身黑，干完活，身上绝没有一个白点。别不信！他还给自己立下一个规矩，只要身上有白点，白刷不要钱。倘若没这本事，他不早饿成干儿了？

但这是传说，人信也不会全信。行外的没见过的不信，行内的生气愣说不信。

一年的一天，刷子李收个徒弟叫曹小三。当徒弟的开头都是端茶、点烟，跟在屁股后边提东西。曹小三当然早就听说过师傅那手绝活，一直半信半疑，这回非要亲眼瞧瞧。

那天，头一次跟师傅出去干活，到英租界镇南道给李善人新造的洋房刷浆。到了那儿，刷子李跟管事的人一谈，才知道师傅派头十足。照他的规矩一天只刷一间屋子。这洋楼大小九间屋，得刷九天。干活前，他把随身带的一个四四方方的小包袱打开，果然一身黑衣黑裤，一双黑布鞋。穿上这身黑，就赛跟地上一桶白浆较上了劲。

一间屋子，一个屋顶四面墙，先刷屋顶后刷墙。顶子尤其难刷，蘸了稀溜溜粉浆的板刷往上一举，谁能一滴不掉？一掉准掉在身上。可刷子李一举刷子，就赛没有蘸浆。但刷子划过屋顶，立时匀匀实实一道白，白得透亮，白得清爽。有人说这蘸浆的手法有高招，有人说这调浆的配料有秘方。曹小三哪里看得出来？只见师傅的手臂悠然摆来，悠然摆去，好赛伴着鼓点，和着琴音，每一摆刷，那长长的带浆的毛刷便在墙面"啪"地清脆一响，极是好听。啪啪声里，一道道浆，衔接得天衣无缝，刷过去的墙面，真好比平平整整打开一面雪白的屏障。可是曹小三最关心的还是刷子李身上到底有没有白点？

刷子李干活还有个规矩。每刷完一面墙，必得在凳子上坐一大会儿，抽一袋烟，喝一碗茶，再刷下一面墙。此刻，曹小三借着给师傅倒水点烟的机会，拿目光仔细搜索刷子李的全身。每一面墙刷完，他搜索一遍。居然连一个芝麻大小的粉点也没发现。他真觉得这身黑色的衣服有种神圣不可侵犯的威严。

可是，当刷子李刷完最后一面墙，坐下来，曹小三给他点烟时，竟然瞧见刷子李裤子上出现一个白点，黄豆大小。黑中白，比白中黑更扎眼。完了！师傅露馅了，他不是神仙，往日传说中那如山般的形象轰然倒去。但他怕师父难堪，不敢说，也不敢看，可忍不住还要扫一眼。

这时候，刷子李忽然朝他说话：

"小三，你瞧见我裤子上的白点了吧。你以为师傅的能耐有假，名气有诈，是吧。傻小子，你再细瞧瞧吧——"

说着，刷子李手指捏着裤子轻轻往上一提，那白点即刻没了，再一松手，白点又出现，奇了！曹小三凑上脸用神再瞧，那白点原是一个小洞！刚才抽烟时不小心烧的。里边的白衬裤打小洞透出来，看上去就跟粉浆落上去的白点一模一样！

刷子李看着曹小三发怔发傻的模样，笑道：

"你以为人家的名气全是虚的？那你是在骗自己。好好学本事吧！"

曹小三学徒头一天，见到听到学到的，恐怕别人一辈子也未准明白呢！

酒婆

真正的酒鬼，都是自得其乐，不搅和别人。

酒馆也分三六九等。首善街那家小酒馆得算顶末尾的一等。不插幌子，不挂字号，屋里连座位也没有；柜台上不卖菜，单摆一缸酒。来喝酒的，都是扛活拉车卖苦力的底层人。有的手捏一块酱肠头，有的衣兜里装着一把五香花生，进门要上二三两，倚着墙角窗台独饮。逢到人挤人，便端着酒碗到门外边，靠树一站，把酒一点点倒进嘴里，这才叫过瘾解馋其乐无穷呢！

这酒馆只卖一种酒，使山芋干造的，价钱贱，酒味大。首善街养的猫从来不丢，跑迷了路，也会循着酒味找回来。这酒不讲余味，只讲冲劲，进嘴赛镪水，非得赶紧咽，不然烧烂了舌头嘴巴牙花嗓子眼儿。可一落进肚里，跟手一股劲"腾"地蹿上来，直撞脑袋，晕晕乎乎，劲头很猛。好赛大年夜里放的那种炮仗"炮打灯"，点着一炸，红灯蹿天。这酒就叫作"炮打灯"。好酒应是温厚绵长，绝不上头。但穷汉子们挣一天命，筋酸骨乏，心里憋闷，不就为了花钱不多，马上来劲，晕头涨脑地洒脱洒脱放纵放纵吗？

要说最洒脱，还得数酒婆。天天下晌，这老婆子一准来到小酒馆，衣衫破烂，赛叫花子；头发乱，脸色黯，没人说清她嘛长相，更没人知道她姓嘛叫嘛，却都知道她是这小酒馆的头号酒鬼，尊称酒婆。她一进门，照例打怀里掏出个四四方方小布包；打开布包，里头是个报纸包，报纸有时新有时旧；打开报纸包，又是个绵纸包，好赛里头包着一个翡翠别针；再打开这绵纸包，原来只是两角钱！她拿钱撂在柜台上，老板照例把多半碗"炮打灯"递过去，她接过酒碗，举手扬脖，碗底一翻，酒便直落肚中，好赛倒进酒桶。待这婆子两脚一出门槛，就赛在地上画天书了。

她一路东倒西歪向北去，走出一百多步远的地界，是个十字路口，车来车往，常常出事。您还甭为这婆子揪心，瞧她烂醉如泥，可每次将到路口，一准是"噔"的一下，醒过来了！竟赛常人一般，不带半点醉意，好端端地穿街而过。她天天这样，从无闪失。首善街上的人家，最爱瞧酒婆这醉醺醺的几步扭——上摆下摇，左歪右斜，悠悠旋转乐陶陶，看似风摆荷叶一般；逢到雨天，雨点淋身，便赛一张慢慢旋动的大伞了……但是，为嘛酒婆一到路口就醉意全消呢？是因为"炮打灯"就这么一点劲头儿，还是酒婆有超人的能耐说醉就醉说醒就醒？

酒的诀窍，还是在酒缸里。老板人奸，往酒里掺水。酒鬼们对眼睛里的世界一片模糊，对肚子里的酒却一清二楚，但谁也不肯把这层纸捅破，喝美了也就算了。老板缺德，必得报应，人近六十，没儿没女，八成要绝后。可一日，老板娘爱酸爱辣，居然有喜了！老板给佛爷叩头时，动了良心，发誓今后老实做人，诚实卖酒，再不往酒里掺水掺假了。

就是这日，酒婆来到这家小酒馆，进门照例还是掏出包来，层层打开，花钱买酒，举手扬脖，把改假为真的"炮打灯"倒进肚里……真货就有真货色。这次酒婆还没出屋，人就转悠起来了。而且今儿她一路上摇晃得分外好看，上身左摇，下身右摇，愈转愈疾，初时赛风中的大鹏鸟，后来竟赛一个黑黑的大漩涡！首善街的人看得惊奇，也看得纳闷，不等多想，酒婆已到路口，竟然没有酒醒，破天荒头一遭转悠到大马路上，下边的惨事就甭提了……

　　自此，酒婆在这条街上绝了迹。小酒馆里的人们却不时念叨起她来。说她才算真正够格的酒鬼。她喝酒不就菜，向例一饮而尽，不贪解馋，只求酒劲。在酒馆既不多事，也无闲话，交钱喝酒，喝完就走，从来没赊过账。真正的酒鬼，都是自得其乐，不搅和别人。

　　老板听着，忽然想到，酒婆出事那日，不正是自己不往酒里掺假的那天吗？原来祸根竟在自己身上！他便别扭开了，心想这人间的道理真是说不清道不明了。到底骗人不对，还是诚实不对？不然为嘛几十年拿假酒骗人，却相安无事，都喝得挺美，可一旦认真起来反倒毁了？

张大力

张大力，原名叫张金璧，津门一员赳赳武夫，身强力蛮，力大没边，故称大力。

张大力,原名叫张金璧,津门一员起趄武夫,身强力蛮,力大没边,故称大力。津门的老少爷儿们喜欢他,佩服他,夸他。但天津人有自己夸人的方法。张大力就有这么一件事,当时无人不晓,现在没人知道,因此写在下边——

　　侯家后一家卖石材的店铺,叫聚合成。大门口放一把死沉死沉的青石大锁,锁把也是石头的。锁上刻着一行字:

凡举起此锁者赏银百两

　　聚合成设这石锁,无非为了证明它的石料都是坚实耐用的好料。

　　可是,打石锁撂在这儿,没人举起过,甚至没人能叫它稍稍动一动,您说它有多重? 好赛它跟地壳连着,除非把地面也举到头上去!

　　一天,张大力来到侯家后,看见这把锁,也看见上边的字,便俯下身子,使手问一问,轻轻一撼,竟然摇动起来,而且赛摇一个竹篮子,这就招了许多人围上来看。只见他手握锁把,腰一挺劲,大石锁被他轻易地举到空中。胳膊笔直不弯,脸上笑容满面,好赛举着一大把花儿!

众人叫好呼好喊好，张大力举着石锁，也不撂下来，直等着聚合成的伙计老板全出来，看清楚了，才将石锁放回原地。老板上来笑嘻嘻说：

"原来张老师来了，快请到里头坐坐，喝杯茶！"

张大力听了，正色说："老板，您别跟我弄这套！您的石锁上写着嘛，谁举起它，赏银百两，您就快把钱拿来，我还忙着哪！"

谁料聚合成的老板并不理会张大力的话。待张大力说完，他不紧不慢地说道："张老师，您只瞧见石锁上边的字了，可石锁底下还有一行字，您瞧见了吗？"

张大力怔了。刚才只顾高兴，根本没瞧见锁下边还有字。不单他没瞧见，旁人也都没瞧见。张大力脑筋一转，心想别是老板唬他，不想给钱，以为他使过一次劲，二次再举不起来了，于是上去一把又将石锁高高举到头顶上，可抬眼一看，石锁下边还真有一行字，竟然写着：

唯张大力举起来不算

把这石锁上边和下边的字连起来，就是：

凡举起此锁者赏银百两，唯张大力举起来不算！

众人见了，都笑起来。原来人家早知道唯有他能举起这家伙。而这行字也是人家佩服自己，夸赞自己——张大力当然明白。

他扔了石锁，哈哈大笑，扬长而去。

好嘴杨巴

蓝眼

这看假画的名叫蓝眼。

在锅店街裕成公古玩铺做事，专看画。

蓝眼不姓蓝，他姓江，原名在棠，

蓝眼是他的外号。

古玩行中有对天敌，就是造假画的和看假画的。造假画的，费尽心机，用尽绝招，为的是骗过看假画的那双又尖又刁的眼；看假画的，却凭这双眼识破天机，看破诡计，捏着这造假的家伙没藏好的尾巴尖儿，打一堆画里把它抻出来，晾在光天化日底下。

这看假画的名叫蓝眼。在锅店街裕成公古玩铺做事，专看画。蓝眼不姓蓝，他姓江，原名在棠，蓝眼是他的外号。天津人好起外号，一为好叫，二为好记。这蓝眼来源于他的近视镜，镜片厚得赛瓶底，颜色发蓝，看上去真赛一双蓝眼。而这蓝眼的关键还是在他的眼上。据说他关灯看画，也能看出真假；话虽有点玄，能耐不掺假。他这蓝眼看画时还真的大有神道——看假画，双眼无神；看真画，一道蓝光。

这天，有个念书打扮的人来到铺子里，手拿一轴画。外边的题签上写着"大涤子湖天春色图"。蓝眼看似没看，他知道这题签上无论写嘛，全不算数，真假还得看画。他"唰"地一拉，疾如闪电，露出半尺画心。这便是蓝眼出名的"半尺活"，他看画无论大小，只看半尺。是真是假，全拿这半尺画说话，绝不多看一寸一分。蓝眼面对半尺画，眼镜片"唰"地闪过一道蓝光，他抬起头问来者：

"你打算卖多少钱？"

来者没急着要价，而是说：

"听说西头的黄三爷也临摹过这幅画。"

黄三爷是津门造假画的第一高手。古玩铺里的人全怕他。没想到蓝眼听赛没听，又说一遍：

"我眼里从来没有什么黄三爷。你说你这画打算卖多少钱吧。"

"两条。"来者说。这两条是二十两黄金。

要价不低，也不算太高，两边稍稍地你抬我压，十八两便成交了。

打这天起，津门的古玩铺都说锅店街的裕成公买到一轴大涤子石涛的山水，水墨浅绛，苍润之极，上边还有大段题跋，尤其难得。有人说这件东西是打北京某某王府流落出来的。来卖画的人不大在行，蓝眼却抓个正着。花钱不少，东西更好。这么精的大涤子，十年内天津的古玩行就没见过。那时没有报纸，嘴巴就是媒体，愈说愈神，愈传愈广。接二连三总有人来看画，裕成公都快成了绸缎庄了。

世上的事，说足了这头，便开始说那头。大约事过三个月，开始有人说裕成公那幅大涤子靠不住。初看挺唬人，可看上几遍就稀汤寡水，没了精神。真假画的分别是，真画经得住看，假画受不住瞧。这话传开之后，就有新闻冒出来——有人说这画是西头黄三爷一手造的赝品！这话不是等于拿盆脏水往人家蓝眼的袍子上泼吗？

蓝眼有根，理也不理。愈是不理，传得愈玄。后来就说得有鼻子有眼了。说是有人在针市街一个人家里，看到了这轴画的真品。于是，又是接二连三，不间断有人去裕成公古玩铺看画，但这回是想瞧瞧黄三爷用嘛能耐把蓝眼的眼蒙住的。向来看能人栽跟斗都最来神儿！

裕成公的老板佟五爷心里有点发毛，便对蓝眼说："我信您的眼力，可我架不住外头的闲话，扰得咱铺子整天乱哄哄的。咱是不是找个人打听打听那画在哪儿。要真有张一模一样的画，就想法把它亮出来，分清楚真假，更显得咱高。"

蓝眼听出来老板没底，可是流言闲语谁也没辙，除非就照老板的话办，真假一齐亮出来。人家在暗处闹，自己在明处赢。

佟老板找来尤小五。尤小五是天津卫的一只地老鼠，到处乱钻，嘛事都能叫他拿耳朵摸到。他们派尤小五去打听，转天有了消息。原来还真的另有一幅大涤子，也叫《湖天春色图》，而且真的就在针市街一个姓崔的人家！佟老板和蓝眼都不知道这崔家是谁。佟老板便叫尤小五引着蓝眼去看。蓝眼不能不去，待到了那家一看，眼镜片唰唰闪过两道蓝光，傻了！

真画原来是这幅。铺子里那幅是假造的！这两幅画的大小、成色、画面，全都一样，连图章也是仿刻的。可就是神气不同——瞧，这幅真的是嘛神气！

他当初怎么打的眼，已经全然不知。此时面对这画，真恨不得钻进地里去。他二十年没错看过一幅。他蓝眼简直成了古玩行里的神。他说真必真，说假准假，没人不信。可这回一走眼，传了出去，那可毁了。看真假画这行，看对一辈子全是应该的，看错一幅就一跟斗栽到底。

他没出声，回到店铺跟老板讲了实话。裕成公和蓝眼是连在一块的，要栽全栽。佟老板想了一夜，有了主意，决定把崔家那轴大涤子买过来，花大价钱也在所不惜。两幅画都攥在手里，哪真哪假就全由自己说了。但办这事他们决不能露面，便另外花钱请个人，假装买主，跟随尤小五到崔家去买那轴画。谁料人家姓崔的开口就是天价，不然就自己留着不卖了。买东西就怕一边非买，一边非不卖。可是去装买主这人心里有底，因为来时佟老板对他有话"就是砸了我铺子，你也得把画给我买来"。这便一再让步，最后竟花了七条金子才买到手，反比先前买的那轴多花了三倍的钱还多。

待把这轴画拿到裕成公，佟老板舒口大气，虽然心疼钱，却保住了裕成公的牌子。他叫伙计们把两轴画并排挂在墙上，彻底看个心明眼亮。等画挂好，蓝眼上前一瞧，眼镜片唰唰唰闪过三道光。人竟赛根棍子立在那里。天下的怪事就在眼前——原来还是先前那幅是真的，刚买回来的这幅反倒是假的！

真假不放在一起比一比，根本分不出真假——这才是人家造假画的本事，也是最高超的本事！

可是蓝眼长的一双是嘛眼？肚脐眼？

蓝眼差点一口气闭过去。转过三天，他把前前后后的事情捋了一遍，这才明白，原来这一切都是黄三爷在暗处做的圈套，一步步叫你钻进来。人家真画卖得不吃亏，假画卖得比天高。他忽然想起，最早来卖画的那个书生打扮的人，不是对他说过"黄三爷也临摹过这幅画"吗？人家有话在先，早就说明白这幅画有真有假。再看打了眼怨谁？看来，这位黄三爷不单冲着钱来的，干脆就是冲着自己来的。人家叫你手里攒着真画，再去买他造的假画。多绝！等到他明白了这一层，才算明白到家，认栽到底！打这儿起，蓝眼卷起被袱卷儿离开了裕成公。自此不单天津古玩行没他这号，天津地面也瞧不见他的影子。有人说他得一场大病，从此躺下，再没起来。栽得真是太惨了！

再想想看，他还有更惨的——他败给人家黄三爷，却只见到黄三爷的手笔，人家的面也没叫他见过呢！

所幸的是，他最后总算想到黄三爷的这一手，死得明明白白。

好嘴杨巴

津门胜地，能人如林，此间出了两位卖茶汤的高手，把这种稀松平常的街头小吃，干得远近闻名。

津门胜地，能人如林，此间出了两位卖茶汤的高手，把这种稀松平常的街头小吃，干得远近闻名。这二位，一位胖黑敦厚，名叫杨七，一位细白精朗，人称杨八。杨七杨八，好赛哥俩，其实却无亲无故，不过他俩的爹都姓杨罢了。杨八本名杨巴，由于"巴"与"八"音同，杨巴的年岁长相又比杨七小，人们便错把他当成杨七的兄弟。不过要说他俩的配合，好比左右手，又非亲兄弟可比。杨七手艺高，只管闷头制作；杨巴口才好，专管外场照应，虽然里里外外只这两人，既是老板又是伙计，闹得却比大买卖还红火。

　　杨七的手艺好，关键靠两手绝活。

　　一般茶汤是把秫米面沏好后，捏一撮芝麻撒在浮头，这样做香味只在表面，愈喝愈没味儿。杨七自有高招，他先盛半碗秫米面，便撒上一次芝麻，再盛半碗秫米面，沏好后又撒一次芝麻。这样一直喝到见了碗底都有香味。

　　他另一手绝活是，芝麻不用整粒的，而是先使铁锅炒过，再拿擀面杖压碎。压碎了，里面的香味才能出来。芝麻必得炒得焦黄不煳，不黄不香，太煳便苦；压碎的芝麻粒还得粗细正好，太粗费嚼，太细也就没嚼头了。这手活别人明知道也学不来。手艺人的能耐全在手上，此中道理跟写字画画差不多。

可是，手艺再高，东西再好，拿到生意场上必得靠人吹。三分活，七分说，死人说活了，破货变好货，买卖人的功夫大半在嘴上。到了需要逢场作戏、八面玲珑、看风使舵、左右逢源的时候，就更指着杨巴那张好嘴了。

那次，李鸿章来天津，地方的府县道台费尽心思，究竟拿嘛样的吃喝才能把中堂大人哄得高兴？京城豪门，山珍海味不新鲜，新鲜的反倒是地方风味小吃，可天津卫的小吃太粗太土；熬小鱼刺多，容易卡嗓子；炸麻花梆硬，弄不好硌牙。琢磨三天，难下决断，幸亏知府大人原是地面上走街串巷的人物，嘛都吃过，便举荐出"杨家茶汤"；茶汤黏软香甜，好吃无险，众官员一齐称好，这便是杨巴发迹的缘由了。

这日下晌，李中堂听过本地小曲莲花落子，饶有兴味，满心欢喜，撒泡热尿，身爽腹空，要吃点心。知府大人忙叫"杨七杨八"献上茶汤。今儿，两人自打到这世上来，头次里外全新，青裤青褂，白巾白袜，一双手拿碱面洗得赛脱层皮那样干净。他俩双双将茶汤捧到李中堂面前的桌上，然后一并退后五步，垂手而立，说是听候吩咐，实是请好请赏。

李中堂正要尝尝这津门名品，手指尖将碰碗边，目光一落碗中，眉头忽地一皱，面上顿起阴云，猛然甩手，"啪"地将一碗茶汤打落在地，碎瓷乱飞，茶汤泼了一地，还冒着热气儿。在场众官员吓蒙了，杨七和杨巴慌忙跪下，谁也不知中堂大人为嘛犯怒。

当官的一个比一个糊涂，这就透出杨巴的明白。他眨眨眼，立时猜到中堂大人以前没喝过茶汤，不知道撒在浮头的碎芝麻是嘛东西，一准当成不小心掉上去的脏土，要不哪会有这么大的火气？可这样，难题就来了——

倘若说这是芝麻，不是脏东西，不等于骂中堂大人孤陋寡闻，没有见识吗？倘若不加解释，不又等于承认给中堂大人吃脏东西？说不说，都是要挨一顿臭揍，然后砸饭碗子。而眼下顶要紧的，是不能叫李中堂开口说那是脏东西。大人说话，不能改口。必须赶紧想辙，抢在前头说。

杨巴的脑筋飞快地一转两转三转，主意来了！只见他脑袋撞地，"咚咚咚"叩得山响，一边叫道："中堂大人息怒！小人不知道中堂大人不爱吃压碎的芝麻粒，惹恼了大人。大人不记小人过，饶了小人这次，今后一定痛改前非！"说完又是一阵响头。

李中堂这才明白，刚才茶汤上那些黄渣子不是脏东西，是碎芝麻。明白过后便想，天津卫九河下梢，人性练达，生意场上，心灵嘴巧。这卖茶汤的小子更是机敏过人，居然一眼看出自己错把芝麻当作脏土，而三两句话，既叫自己明白，又给自己面子。这聪明在眼前的府县道台中间是绝没有的，于是对杨巴心生喜欢，便说：

"不知道当无罪！虽然我不喜欢吃碎芝麻（他也顺坡下了），但你的茶汤名满津门，也该嘉奖！来人呀，赏银一百两！"

这一来，叫在场所有人摸不着头脑。茶汤不爱吃，反倒奖巨银，为嘛？傻啦？杨巴趴在地上，一个劲儿地叩头谢恩，心里头却一清二楚全明白。

自此，杨巴在天津城威名大震。那"杨家茶汤"也被人们改称作"杨巴茶汤"了。杨七反倒渐渐埋没，无人知晓。杨巴对此毫不内疚，因为自己成名靠的是自己一张好嘴，李中堂并没有喝茶汤呀！

小杨月楼义结李金鏊

小杨月楼叫李金鏊这一席话说得又热又辣，五体流畅。

第二天唱《花木兰》，分外地精气神足，嗓门冒光，整场都是满堂彩。

民国二十八年，龙王爷闯进天津卫，大小楼房全赛站在水里。三层楼房水过腿，两层楼房水齐腰，小平房便都落得"没顶之灾"了。街上行船，窗户当门，买卖停业，车辆不通，小杨月楼和他的一班人马，被困在南市的庆云戏院。那时候，人都泡在水里，哪有心思看戏？这班子二十来号人便睡在戏台上。

龙王爷赖在天津一连几个月，戏班照样人吃马喂，把钱使净，便将十多箱行头道具押在河北大街的"万成当"。等到水退了，火车通车，小杨月楼急着返回上海，凑钱买了车票，就没钱赎当了，急得他闹牙疼，腮帮子肿得老高。戏院一位热心肠的小伙计对他说："您不如去求李金鏊帮忙，那人仗义，拿义气当命。凭您的名气，有求必应。"

李金鏊是天津卫出名的一位大锅伙，混混头儿。上刀山、下火海、跳油锅，绝不含糊，死千[1]一个。虽然黑白道上，也讲规矩讲脸面讲义气，拔刀相助的事，李金鏊干过不少，小杨月楼却从来不沾这号人。可是今儿事情逼到这地步，不去也得去了。他跟随这小伙计到了

---

[1] 死千：天津地方土语，混混儿的行话。表示担当出生入死的差事。

西头，过街穿巷，抬眼一瞧，怔住了。篱笆墙，栅栏门，几间爬爬屋，大名鼎鼎的李金鳌就住在这破瓦寒窑里？小伙计却截门一声呼："李二爷！"

应声打屋里猫腰走出一个人来，出屋直起身，吓了小杨月楼一跳。这人足有六尺高，肩膀赛门宽，老脸老皮，胡子拉碴；那件灰布大褂，足够改成个大床单，上边还油了几块。小杨月楼以为找错人家，没想到这人说话嘴上赛扣个罐子，瓮声瓮气问道："找我干嘛？"口气挺硬，眼神极横，错不了，李金鳌！

进了屋，屋里赛破庙，地上是土，条案上也是土，东西全是东倒西歪；迎面那八仙桌子，四条腿缺了一条，拿砖顶上；桌上的茶壶，破嘴缺把，磕底裂肚，盖上没疙瘩。小杨月楼心想，李金鳌是真穷还是装穷？若是真穷，拿嘛帮助自己？于是心里不抱什么希望了。

李金鳌打量来客，一身春绸裤褂，白丝袜子，黑礼服呢鞋，头戴一顶细辫巴拿马草帽，手拿一柄有字有画的斑竹折扇。他瞄着小杨月楼说："我在哪儿见过你？"眼神还挺横，不赛对客人，赛对仇人。

戏院小伙计忙做一番介绍，表明来意。李金鳌立即起身，拱拱手说："我眼拙，杨老板可别在意。您到天津卫来唱戏，是咱天津有耳朵人的福气！哪能叫您受治、委屈！您明儿晌后就去'万成当'拉东西去吧！"说得真爽快，好赛天津卫是他家的。这更叫小杨月楼满腹狐疑，以为到这儿来做戏玩。

转天一早，李金鳌来到河北大街的"万成当"，进门朝着高高的柜台仰头叫道："告你们老板去，说我李金鳌拜访他来了！"这一句，不单把柜上的伙计吓跑了，也把典当来的主顾吓跑了。老板慌忙出来，请李金鏊到楼上喝茶，李金鏊理也不理，只说："我朋友杨老板有几个戏箱押在你这里，没钱赎当，你先叫他搬走，交情记着，咱们往后再说。"说完拨头便走。

当日晌后，小杨月楼带着几个人碰运气赛的来到"万成当"，进门却见自己的十几个戏箱——大衣箱、二衣箱、三衣箱、盔头箱、旗把箱等等，早已摆在柜台外边。小杨月楼大喜过望，竟然叫好喊出声来。这样便取了戏箱，高高兴兴返回上海。

小杨月楼走后，天津卫的锅伙们听说这件事，佩服李金鏊的义气，纷纷来到"万成当"，要把小杨月楼欠下的赎当钱补上。老板不肯收，锅伙们把钱截着柜台扔进去就走。多少亦不论，反正多得多。这事又传到李金鏊耳朵里。李金鏊在北大关的天庆馆摆了几桌，将这些代自己还情的弟兄们着实宴请一顿。

谁想到小杨月楼回到上海，不出三个月，寄张银票到天津"万成当"，补还那笔欠款，"万成当"收过锅伙们的钱，哪敢再收双份，老板亲自捧着钱给李金鏊送来了。李金鏊嘛人？不单分文不取，看也没看，叫人把这笔钱分别还给那帮代他付钱的弟兄。至此，钱上边的事清楚了，谁也不欠谁的了。这事本该了结，可是情没结，怎么结？

转年冬天，上海奇冷，黄浦江冰冻三尺，大河盖上盖儿。甭说海上的船开不进江来，江里的船晚走两天便给冻得死死的，比抛锚还稳当。这就断了码头上脚夫们的生路，尤其打天津去扛活的弟兄们，肚子里的东西一天比一天少，快只剩下凉气了。恰巧李金鏊到上海办事，见这情景，正愁没辙，抬眼瞅见小杨月楼主演《芸娘》的海报，拔腿便去找小杨月楼。

赶到大舞台时，小杨月楼正是闭幕卸装时候，听说天津的李金鏊在大门外等候，脸上带着油彩就跑出来。只见台阶下大雪里站着一条高高汉子。他口呼："二哥！"三步并两步跑下台阶。脚底板冰雪一滑，一屁股坐在地上，仰脸对李金鏊还满是欢笑。

小杨月楼在锦江饭店盛宴款待这位心中敬佩的津门恩人。李金鏊说："杨老板，您喂得饱我一个脑袋，喂不饱我黄浦江边的上千个扛活的弟兄。如今大河盖盖儿，弟兄们没饭辙，眼瞅着小命不长。"

小杨月楼慨然说："我去想办法！"

李金鏊说："那倒不用。您只要把上海所有名角约到一块儿，义演三天就成！戏票全给我，我叫弟兄们自个儿找主去卖，这么做难为您吗？"

小杨月楼说："二哥真行，您叫我帮忙，又不叫我费劲。这点事还不好办吗？"第二天就把大上海所有名角，像赵君玉、周信芳、黄玉麟、刘筱衡、王芸芳、刘斌昆、高百岁等等，全都约齐，在黄金戏院举行义演。戏票由天津这帮弟兄拿到平日扛活的主家那里去卖。这些主家花钱买几张票，又看戏，又帮忙，落人情，过戏瘾，谁不肯？何况这么多名角同台献技，还是《龙凤呈祥》《红鬃烈马》等一些热闹好看的大戏，更是千载难逢。一连三天过去，便把冻成冰棍的上千个弟兄全救活了。

李金鏊完事要回天津，临行前，小杨月楼又是设宴送行。酒足饭饱时，小杨月楼叫人拿出一大包银子，外头拿红纸包得四四方方，送给李金鏊。既是盘缠，也有对去年那事谢恩之意。李金鏊一见钱，面孔马上板起来，沉下来的嗓门更显得瓮声瓮气。他说道："杨老板，我这人，向例只交朋友，不交钱。想想看，您我这段交情，有来有往，打谁手里过过钱？谁又看见过钱？折腾来折腾去，不都是那些情义吗？钱再多也经不住花，可咱们的交情使不完！"说完起身告辞。

小杨月楼叫李金鳌这一席话说得又热又辣，五体流畅。第二天唱《花木兰》，分外地精气神足，嗓门冒光，整场都是满堂彩。

泥人张

手艺道上的人，捏泥人的『泥人张』排第一。而且，有第一，没第二，第三差着十万八千里。

手艺道上的人，捏泥人的"泥人张"排第一。而且，有第一，没第二，第三差着十万八千里。

　　泥人张大名叫张明山。咸丰年间常去的地方有两处：一是东北城角的戏院大观楼，一是北关口的饭馆天庆馆。坐在那儿，为了瞧各样的人，也为捏各样的人。去大观楼要看戏台上的各种角色，去天庆馆要看人世间的各种角色。这后一种的样儿更多。

　　那天下雨，他一个人坐在天庆馆里饮酒，一边留神四下里吃客们的模样。这当儿，打外边进来三个人。中间一位穿得阔绰，大脑袋，中溜个子，挺着肚子，架势挺牛，横冲直撞往里走。站在迎门桌子上的"撂高的"一瞅，赶紧吆喝着："益照临的张五爷可是稀客，贵客，张五爷这儿总共三位——里边请！"

　　一听这喊话，吃饭的人都停住嘴巴，甚至放下筷子瞧瞧这位大名鼎鼎的张五爷。当下，城里城外气最冲的要算这位靠着贩盐赚下金山的张锦文。他当年由于为盛京将军海仁卖过命，被海大人收为义子，排行老五。所以又有"海张五"一称。但人家当面叫他张五爷，背后叫他海张五。天津卫是做买卖的地界儿，谁有钱谁横，官儿也怵三分。可是手艺人除外。手艺人靠手吃饭，求谁？怵谁？

故此，泥人张只管饮酒，吃菜，西瞧东看，全然没把海张五当个人物。

但是不一会儿，就听海张五那边议论起他来。有个细嗓门的说："人家台下一边看戏，一边手在袖子里捏泥人。捏完拿出来一瞧，台上的嘛样，他捏的嘛样。"跟着就是海张五的大粗嗓门说："在哪儿捏？在袖子里捏？在裤裆里捏吧！"随后一阵笑，拿泥人张找乐子。

这些话天庆馆里的人全都听见了。人们等着瞧艺高胆大的泥人张怎么"回报"海张五。一个泥团儿砍过去？

只见人家泥人张听赛没听，左手伸到桌子下边，打鞋底下抠下一块泥巴。右手依然端杯饮酒，眼睛也只瞅着桌上的酒菜，这左手便摆弄起这团泥巴来；几个手指飞快捏弄，比变戏法的刘秃子的手还灵巧。海张五那还在不停地找乐子，泥人张这边肯定把那些话在他手里这团泥上全找回来了。随后手一停，他把这泥团往桌上"叭"地一戳，起身去柜台结账。

吃饭的人伸脖一瞧，这泥人真捏绝了！就赛把海张五的脑袋割下来放在桌上一般。瓢似的脑袋，小鼓眼，一脸狂气，比海张五还像海张五，只是只有核桃大小。

海张五在那边，隔着两丈远就看出捏的是他。他朝着正走出门的泥人张的背影叫道："这破手艺也想赚钱，贱卖都没人要。"

泥人张头都没回，撑开伞走了。但天津卫的事没有这样完的——

第二天，北门外估衣街的几个小杂货摊上，摆出来一排排海张五这个泥像，还加了个身子，大模大样坐在那里。而且是翻模子扣的，成批生产，足有一二百个。摊上还都贴着个白纸条，上边使墨笔写着：

贱卖海张五

估衣街上来来往往的人，谁看谁乐。乐完找熟人来看，再一块乐。

三天后，海张五派人花了大价钱，才把这些泥人全买走，据说连泥模子也买走了。泥人是没了，可"贱卖海张五"这事却传了一百多年，直到今儿个。

大回

大回姓回，人高马大，

手大脚大嘴大耳朵大，人叫他大回。

叫惯了大回，反倒没人知道他的名字。

大回是能人，专攻垂钓。

大回姓回，人高马大，手大脚大嘴大耳朵大，人叫他大回。叫惯了大回，反倒没人知道他的名字。

大回是能人，专攻垂钓。手里一根竹竿子，就是钓鱼竿；一个使针敲成的钩，就是鱼钩；一根纳鞋底子用的上了蜡的细线绳，就是鱼线；还有一片鸽子的羽毛拴在线绳上，就是鱼漂。只凭这几样再普通不过的东西，他蹲在坑边，顶多七天，能把坑里几千条鱼钓光了，连鱼秧子也逃不掉。

甭管水里的鱼多杂，他想要哪种鱼就专上哪种鱼；他还能钓完公鱼钓母鱼，一对对地往上钓。他钓的大鱼比他还沉，钓的小鱼比鱼钩还小。

人说钓鱼凭的是运气，他凭的全是能耐。

钓鲫鱼用的红虫子，又小又细，好赛线头，而且只有一层薄皮儿，里边一兜儿血红的水。要想把鱼钩穿进去，那可不易；弄不好钩尖一斜，一股红水出来，单剩下一层皮儿了。可人家大回把红虫子全放在嘴里，在腮帮子那里存着。用的时候，手指捏着鱼钩，张开嘴把钩往里边一挂，保管把那小红虫漂漂亮亮穿在鱼钩上。就这手活，谁会？

他无论钓什么都有绝法，比方钓王八。

钓鱼时钩到王八，都是竿弯，线不动，很容易疑惑是钩上了水下边的石块。心里急，一使劲，线断了！大回不急，稳稳绷住。停了会儿，见线一走，认准那是王八在爬，就更不急着提竿。尤其大王八，被鱼钩钩住之后，便用两只前爪子抓住水草。假若用力提竿，竿不折线断。每到这时候，大回便从腰间摸出一个铜环，从鱼竿的底把套进去，穿过鱼竿一松手，铜环便顺着鱼线溜下去。水底下的王八正吃着劲儿，忽见一个锃亮的东西直朝自己的脑袋飞来，不知是嘛，扬起前爪子一挡，这便松开下边的草。嘿，就势把它舒舒服服地提上来！

这招这法，还在哪儿见过？

天津卫人过年有个风俗，便是放生。就是把一条活鲤鱼放到河里去。为的是行善，求好报。放鱼时，要在鱼的背鳍上拴一根红绳，做个记号。倘若第二年把这鱼打上来，就再拴一根红绳。第三年照样还拴一根。据说这种背上拴着三根红绳的鲤鱼，放到河里，可以跳龙门。一切人间的福禄寿财，就全招来了。

可是鲤鱼到处有，拴红绳的鱼无处弄到。鱼要是给鱼钩钩过一次，就变得又灵又贼。拴一根红绳的鲤鱼在鱼市上偶尔还能看见，拴两根红绳的鲤鱼看不见，拴三根红绳的连撒网打鱼的也没瞧见过。你想花大价钱买，他会笑着说："你有本事把河淘干了，我就有本事把它弄上来。"

怎么办？找大回。天津卫八大家都是一进腊月，就跟大回订这种三根红绳的鲤鱼了。

大回站在河边，看好鱼道。鱼道就是鱼在水里常走的路，大回有双神眼，能一眼看到水里。他瞧准鲤鱼常待的地界，把一个面团扔下去。这面团比栗子大，小鱼吃不进嘴，大鱼一口一个。但这面团里边决不下钩，纯粹是扔到河里喂鱼，一天扔一个。开头，那贼乎乎的大鱼冒着危险试着吃，一吃没事，第二天再来一个，胆儿便渐渐大起来，最后见了面团张嘴就吞。半个月二十天后，大回心想差不多了，用鱼钩钩个面团扔下去。错不了——一条拴红绳的大鲤鱼就结结实实绷住了。

可是这法子最多只能钓到拴两根红绳的鲤鱼。三根红绳的鲤鱼决不上钩。这三根绳的鲤鱼已经给钓到三次，就是吃屎也不敢再吃面团了。使嘛法子？就用小孩的屁屁做鱼食！大回不是把鱼琢磨透了？

南门外那些水坑，哪个坑里有嘛鱼，哪个坑里的鱼大小，哪个坑的鱼有多少条，他心里全一清二楚。他能把坑里的鱼全钓绝了，但他也决不把任何一个坑里的鱼钓绝了。钓绝了，他玩嘛？故而，小鱼不钓，等它长大，母鱼不钓，等它产子。远近钓者都称他"鱼绝后"。这可不是骂他，是夸他。

这外号并不好——

民国三年，夏至后转一天。大回钓一天鱼，人困力乏。多半辈子，整天站在坑边河边，风吹日晒，身子里的油耗得差不多了。他在鼓楼北的聚合成饭庄，吃饱肚子喝足酒，提着一篓子鱼摇摇晃晃回家。走不动就靠墙睡会儿。他家在北城根，这一段路不近，他走走停停直到午夜，迷迷糊糊就趴在大街上了。这时街上走过来一辆拉东西的马车，赶车人在车上睡着了。但就是醒着也瞧不见他——凑巧这段路的几盏街灯给风吹灭了。这真是该活死不了，该死活不了。马车从他身上轧过去时，车夫那老家伙睡得太死，居然也没觉出来。转天天亮才叫人发现，大回给车轧成一个片儿了，赛张纸似的贴在地面上。奇怪的是，人轧瘪了，鱼篓子却没轧着，里边的鱼还都活着。等巡警一追查，更奇怪的是，那车上拉的东西，竟然是一车鱼！这事叫人听了一怔一惊，脖子后边冒出凉气来。

有人说，这事坏就坏在他那个外号上了，"鱼绝后"就是叫"鱼"把他"绝后"了。但也有人说，这是上天的报应，他一辈子钓的鱼实在太多了，龙王爷叫他去以命抵命。可事情传到东城里的文人裴文锦——裴五爷那里，人家念书的人说的话就另一个味儿了。人家说：

"能人全都死在能耐上。"

好嘴杨巴

黑头

这儿说的黑头，可不是戏曲里的行当，而是条狗的名字。这狗不一般。

这儿说的黑头，可不是戏曲里的行当，而是条狗的名字。这狗不一般。

　　黑头是条好狗，但不是那种常说的舍命救主的"忠犬、义犬"，这是一条除了它再没第二的狗。

　　它刚打北大关一带街头那些野狗里出现时，还是个小崽子，太丑！一准是谁家母狗下了崽，嫌它难看，扔到这边来。扔狗都往远处扔，狗都认家，扔近了还得跑回来。

　　黑头是条菜狗——那模样，说它都怕脏了舌头！白底黑花，花也没样儿，像烂墨点子，东一块西一块；脑袋整个是黑的，黑得看不见眼睛，只一口白牙，中间耷拉出一小截红舌头。不光人见人嫌，野狗们也不搭理它。北大关挨着南运河，码头多，人多，商号饭铺多，土箱子[1]里能吃的东西也多。野狗们单靠着在土箱子里刨食就饿不着。可这边的野狗个个凶，狗都护食，不叫黑头靠前。故而一年过去，它的个子不见长，细腿瘪肚，乌黑的脑袋还像拳头那么点儿。

　　北大关顶大的商号是隆昌海货店，专门营销海虾河蟹湖鱼江鳖，

——————————

[1] 土箱子：垃圾箱。

远近驰名。店里一位老伙计商大爷，是个敦敦实实的老汉，打小[1]在隆昌先当学徒后当伙计，干了一辈子，如今六十多岁，称得上这店里的元老，买卖水产的事儿比自家的事儿还明白。至于北大关这一带市面上的事，全都在他眼里。他见黑头皮包骨头，瘦得可怜，时不时便叫小伙计扔块鱼头给它。狗吃肉不吃鱼，尤其不吃生鱼，怕腥；但这小崽子却领商大爷的情，就是不吃也咬上几口，再朝商大爷叫两声，摇摇尾巴走去。这叫商大爷动了心。日子一久，有了交情，模样丑不丑也就不碍事了。

一天商大爷下班回家，这小崽子竟跟在他后边。商大爷家在侯家后，道儿不远，黑头一直跟着他，距离拉得不近不远，也不出声，直送他到家门口。

商大爷的家是个带院的两间瓦房。商大爷开门进去，扭头一看，黑头就蹲在门边的槐树下边一动不动瞧着他。商大爷没理它关门进屋。第二天一天没见它。傍晚下班回家时，黑头不知嘛时候又出来了，又是一直跟着商大爷，不声不响送商大爷回家。一连三天，商大爷明白这小崽子的心思，回到家把院门一敞说："进来吧，我养你了。"黑头就成了商家的一号[2]了。

邻居们有点纳闷，商大爷养狗总得养条好狗；领野狗养，也得挑一条顺眼的，干嘛把这么一个丑东西弄到家里？天天在眼皮子底下转来转去，受得了吗？

商大爷日子宽裕，很快把黑头喂了起来，个子长得飞快，一年成

---

[1] 打小：北方方言，自小。
[2] 一号：天津方言，一员。

大狗，两年大得吓人，它那黑脑袋竟比小孩的脑袋还大，白牙更尖，红舌更长。它很少叫，商大爷明白，咬人的狗都不叫，所以从不叫它出门，即便它不咬人，也怕它吓着人。

其实黑头很懂人事，它好像知道自己模样凶，决不出院门，也决不进房门，整天守在院门里房门外。每有客人来串门，它必趴下，把半张脸埋在前爪后边，不叫人看，怕叫人怕，耳朵却竖着，眼睛睁得挺圆，决不像那种好逞能的家犬，一来人就咋呼半天。可是一天半夜有个贼翻墙进院，它扑过去几下就把那贼制服。它一声没叫，那贼却疼得吓得叽哇乱喊。这叫商大爷知道它不是吃闲饭的；看家护院，非它莫属。

商大爷常说黑头这东西有报恩之心，很懂事，知道怎么"做事"。商大爷这种在老店里干了一辈子的人，讲礼讲面讲规矩讲分寸，这狗合他的性情，所以叫他喜欢。只要别人夸赞他的黑头，商大爷必眉开眼笑，好像人家夸他孩子。

可是，一次黑头惹了祸，而且是大祸。

那些天，商大爷家西边的厢房落架翻修，请一帮泥瓦匠和木工，搬砖运灰里里外外忙活。他家平时客人不多，偶尔来人串门多是熟人，大门向来都是闭着，从没这样大敞四开，而且进进出出全是生脸。黑头没见过场面，如临大敌，浑身的毛全竖起来。但又不能出头露面吓着人，便天天猫在东屋前，连盹儿也不敢打。七八天过去，老屋落架，刨槽下桩，砌砖垒墙，很快四面墙和房架立了起来。待到上梁那天，商大爷请人来在大梁上贴了符纸，拴上红绸，众人使力吆喝，把大梁抬上去摆正，跟着放一大挂雷子鞭，立时引来一群外边看热闹的孩子连喊带叫，拥了进来。

黑头以为出了事，突然腾身蹿跃出来，孩子们一见这黑头花身、张牙舞爪、凶神恶煞般的怪物，吓得转身就跑。外边的往里拥，里边的往里挤，在门里门外砸成一团，跟着就听见孩子又叫又哭。

商大爷跑过去一瞧，一个邻居家的男孩儿被挤倒，脑袋撞上石头门墩，开了口子冒出血来。邻居家大人赶来一看不高兴了，迎面给商大爷来了两句："使狗吓唬人——嘛人？"

商大爷是讲礼讲面的人，自己缺理，人家话不好听，也得受着。一边叫家里人陪着孩子去瞧大夫，一边回到院里安顿受了惊扰的修房的人。

这时，扭头一眼瞧见黑头，心火冒起，拾起一根竿子两步过去，给黑头狠狠一竿子，骂道："畜生就是畜生，我一辈子和人好礼好面，你把我面子丢尽了！"

黑头挨了重重一击，本能地蹿起，龇牙大叫一声，那样子真凶。商大爷正在火头上，并不怕它，朝它怒吼："干嘛，你还敢咬我？"

黑头站那儿没动，两眼直对商大爷看着，忽然转身夺门而去，一溜烟儿就跑没了。商大爷把竿子一扔说："滚吧，打今儿别再回来，原本不就是条丧家犬吗？"

黑头真的没再回来。打白天到夜里，随后一天两天三天过去，影儿也不见。商大爷心里觉得好像缺点嘛，嘴里不说，却忍不住总到门外边张望一下。这畜生真的一去不回头了吗？

又过两天，西边的房顶已经铺好苇笆，开始上泥铺瓦。院门敞着，黑头忽然出现在门口。这时候，商大爷去隆昌上班了，工人都盯着手里的活，谁也没注意到它。

黑头两眼扫一下院子，看见中间有一堆和好的稀泥，突然它腿一使劲，朝那堆稀泥猛冲过去，"噗"地一头扎进泥里，用劲过猛，只剩下后腿和尾巴留在外边。这一切没人瞧见。

待商大爷下晌回来，工人收工时，有人发现这泥里毛糊糊的东西是嘛呢，拉出来一看，大惊失色，原来是黑头，早断了气，身子都有点发硬了。它怎么死在这儿，嘛时候死的，是邻居那家弄死后塞在这儿的吗？

大伙猜了半天说了半天，谁也说不清楚。半天没说话的商大爷的一句话，把这事说明白了："我明白它，它比我还要面子，它这是自我了结。"随后又感慨地说，"唉，死还是要死在自己家里。"

神医王十二

要说那种『妙手回春』的名医，城里城外一拣一筐，可这只是名医而已，王十二人家是神医。

天津卫是码头。码头的地面疙疙瘩瘩可不好站，站上去，还得立得住，靠嘛呢——能耐？一般能耐也立不住，得看你有没有非常人所能的绝活。换句话说，凡是在天津站住脚的，不管哪行哪业，全得有一手非凡的绝活，比方瞧病治病的神医王十二。

　　要说那种"妙手回春"的名医，城里城外一拣一筐，可这只是名医而已，王十二人家是神医。神医名医，一天一地。神在哪儿，就是你身上出了毛病，急病，急得要死要活，别人没法儿，他有法儿，而且那法儿可不是原先就有的，是他灵光一闪，急中生智，信手拈来，手到病除。

　　王十二这种故事多着呢，这儿不多说，只说两段。一段在租界小白楼，一段在老城西马路。先说租界这一段。

　　这天王十二在开封道上走，忽听有人尖叫。一瞧，一个在道边套烟筒的铁匠两手捂着左半边脸，痛得大喊大叫。王十二急步过去问他出了嘛事，这铁匠说："铁渣子崩进眼睛里了，我要瞎了！"王十二说："别拿手揉，愈揉扎得愈深，你手拿开，睁开眼叫我瞧瞧。"铁匠松开手，勉强睁开眼，一小块黑黑的铁渣子扎在眼球子上，冒泪又流血。

王十二抬起头往两边一瞧，这条街全是各样的洋货店，王十二喜好洋人新鲜的玩意儿，常来逛。他忽然目光一闪，也是灵光一闪，只听他朝着铁匠大声说："两手别去碰眼睛，我马上给你弄出来！"扭身就朝一家洋货店跑去。

　　王十二进了一家洋货店的店门，伸出右手就把挂在墙上一样东西摘下来，顺手将左手拿着的出诊用的绿绸包往柜台上一撂，说："我拿这包做押，借你这玩意儿用用，用完马上还你！"话没说完，人已夺门而出。

　　王十二跑回铁匠跟前说："把眼睁大！"铁匠使劲一睁眼，王十二也没碰他，只听"叮"的一声，这声音极轻微也极清楚，跟着听王十二说："出来了，没事了。你眨眨眼，还疼不疼？"铁匠眨眨眼，居然一点不疼了，跟好人一样。再瞧，王十二捏着一块又小又尖的铁渣子举到他面前，就是刚在他眼里那块要命的东西！不等他谢，王十二已经转身回到那洋货店，跟着再转身出来，胳肢窝夹着那个出诊用的绿绸包朝着街东头走了。铁匠朝他喊："您用嘛法给我治好的？我得给您磕头啊！"王十二头也没回，只举起手摇了摇。

　　铁匠纳闷，到洋货店里打听。店员指着墙上边一件东西说："我们也不知道是怎么回事，他就说借这东西用用，不会儿就送回来了。"

　　铁匠抬头看，墙上挂着这东西像块马蹄铁，可是很薄，看上去挺讲究，光亮溜滑，中段涂着红漆；再看，上边没钉子眼儿，不是马蹄铁。铁匠愈瞧愈不明白，问店员道："洋人就使它治眼？"

　　店员说："还没有听说它能治眼！这是个能吸铁的物件，洋人叫吸铁石。"店员说着从墙上把这东西摘下来，吸一吸桌上乱七八糟的铁物件——铁盒、铁夹子、钉子、钥匙，还有一个铁丝眼镜框子，竟然全都叫它吸在上边，好赛有魔法。铁匠头次看见这东西——见傻。

原来王十二使它把铁匠眼里的铁渣子吸下来的。

可是，刚刚那会儿，王十二怎么忽然想起用它来了？

神不神？神医吧。再一段更神。

这段事在老城西那边，也在街上。

那天一辆运菜的马车的马突然惊了，横冲直撞在街上狂奔，马夫吆喝拉缰都弄不住，街两边的人吓得往两边跑，有胡同的地方往胡同里钻，没胡同的往树后边躲，连树也没有的地方就往墙根扎。马奔到街口，迎面过来一位红脸大汉，敞着怀，露出滚圆锃亮的肚皮，一排黑胸毛，赛一条大蜈蚣趴在当胸。有人朝他喊："快躲开，马惊了！"

谁料这大汉大叫："有种往你爷爷胸口上撞！"看样子这汉子喝高了。

马夫急得在车上喊："要死人啦！"

跟着，一声巨响，像撞倒一面墙，把大汉撞飞出去，硬摔在街边的墙上，好像紧紧趴在墙上边。马车接着往前奔去，大汉虽然没死，却趴在墙上下不来了，他两手用力撑墙，人一动不动，难道叫嘛东西把他钉在墙上了？

人们上去一瞧，原来肋叉子撞断，断了的肋条穿皮而出，正巧插进砖缝，撞劲太大，插得太深，拔不出来。大汉痛得急得大喊大叫。

一个人嚷着："你再使劲拔，肚子里的中气散了，人就完啦！"

另一个人叫着："不能使劲，肋叉子掰断了，人就残了！"

谁也没碰过这事，谁也没法儿。

大汉叫着："快救我呀，我这个王八蛋要死在这儿啦！"声音大得震耳朵。有几个人撸袖子要上去拽他。

这时，就听不远处有人叫一声："别动，我来。"

人们扭头一瞧，只见不远处一个小老头朝这边跑来。这小老头光脑袋，灰夹袍，腿脚极快。有人认出是神医王十二，便说："有救了。"

只见王十二先往左边，两步到一个剃头摊前，把手里那出诊用的小绿绸包往剃头匠手里一塞说："先押给你。"顺手从剃头摊的架子上摘下一块白手巾，又在旁边烧热水的铜盆里一浸一捞，便径直往大汉这边跑来。他手脚麻利，这几下都没耽误工夫，手里的白手巾一路滴着水儿、冒着热气儿。

王十二跑到大汉身前，左手从后边搂大汉的腰，右手把滚烫的湿手巾往大汉脸上一捂，连鼻子带嘴紧紧捂住，大汉给憋得大叫，使劲挣，王十二死死搂着捂着，就是不肯放手。大汉肯定脏话连天，听上去却呜呜的赛猪嚎。只见大汉憋得红头涨脸，身子里边的气没法从鼻子和嘴巴出来，胸膛就鼓起来，愈鼓愈大，大得吓人，只听"砰"的一声，钉在墙缝里的肋叉子自己退了出来。王十二手一松，大汉的劲也松了，浑身一软，坐在地上，出了一声："老子活了。"

王十二说："赶紧送他瞧大夫去接骨头吧。"转身去把白手巾还给剃头匠，取回自己那出诊用的绿绸包走了，好赛嘛事没有过。

可是在场的人全看得目瞪口呆。只一位老人看出门道，他说："王十二爷这法儿，是用这汉子自己身上的劲把肋条从墙缝里抽出来的。外人的劲是拗着自己的，自己的劲都是顺着自己的。"这老人寻思一下又说，"可是除去他，谁还能想出这法子来？"

人想不到的只有神，所以天津人称他神医王十二。

狗不理

慈禧一连吃了六个，别的任嘛不吃，

还说了这么一句：

『老天爷吃了也保管说好！』

天津人讲吃讲玩不讲穿，把讲穿的事儿留给上海人。上海人重外表，天津人重实惠；人活世上，吃饱第一。天津人说，衣服穿给人看，肉吃在自己肚里；上海人说，穿绫罗绸缎是自己美，吃山珍海味一样是向人显摆。天津人反问：那么狗不理包子呢？吃给谁看？谁吃谁美。

　　天津人吃的玩的全不贵，吃得解馋玩得过瘾就行。天津人吃的三大样——十八街麻花耳朵眼炸糕狗不理包子，不就是一点面一点糖一点肉吗？玩的三大样——泥人张风筝魏杨柳青年画，不就一块泥一张纸一点颜色吗？非金非银非玉非翡翠非象牙，可在这儿讲究的不是材料，是手艺，不论泥的面的纸的草的布的，到了身怀绝技的手艺人手里一摆弄，就像从天上掉下来的宝贝了。

　　运河边上卖包子的狗子，是当年跟随他爹打武清来到天津的。他的大名高贵友，只有他爹知道；别人知道的是他爹天天呼他叫他的小名：狗子。那时候穷人家的孩子不好活，都得起个贱名，狗子、狗剩、梆子、二傻、疙瘩等等，为了叫阎王爷听见不当个东西，看不上，想不到，领不走。在市面上谁拿这种狗子当人，有活儿叫他干就是了。他爹的大名也没人知道，只知道姓高，人称他老高；狗子蔫不说话，可嘴上不说话的人，心里不见得没想法。

老高没能耐，他卖的包子不过一块面皮包一团馅，皮厚馅少，肉少菜多，这种包子专卖给在码头扛活儿的脚夫吃。干重活的人，有点肉就有吃头，皮厚了反倒能搪时候。反正有人吃就有钱赚，不管多少，能养活一家人就给老天爷磕头了。

他家包子这点事，老高活着时老高说了算，老高死了后狗子说了算。狗子打小就从侯家后街边的一家卖杂碎的铺子里喝出肚汤鲜，他就尝试着拿肚汤排骨汤拌馅。他还从大胡同一家小铺的烧麦中吃到肉馅下边油汁的妙处，由此想到要是包子有油，更滑更香更入口更解馋，他便在包馅时放上一小块猪油。之外，还刻意在包子的模样上来点花活，皮捏得紧，褶捏得多，一圈十八褶，看上去像朵花。一咬一兜油，一口一嘴鲜，这改良的包子一上市，像炮台的炮一炮打得震天响。天天来吃包子的比看戏的人还多。

狗子再忙，也是全家忙，不找外人帮，怕人摸了他的底。顶忙的时候，就在门前放一摞一摞大海碗，一筐筷子，买包子的把钱撂在碗里。狗子见钱就往身边钱箱里一倒，碗里盛上十个八个包子就完事，一句话没有。你问他话，他也不答，哪有空儿答？这便招来闲话："狗子行啊，不理人啦！"

别的包子铺干脆骂他"狗不理"，想把他的包子骂"砸"了。

狗子的包子原本没有店名，这一来，反倒有了名。人一提他的包子就是"狗不理"。虽是骂名，也出了名。

天津卫是官商两界的天下。能不能出大名，还得看是否合官场和市场的口味。

先说市场，在市场出名，要看你有无卖点。好事不出门，坏事传千里；好名没人稀罕，骂名人人好奇。狗不理是骂名，却好玩好笑好说好传好记，里边好像还有点故事，狗子再把包子做得好吃，狗不理这骂名反成了在市场扬名立万的大名了。

再说官场。三岔河口那边有两三个兵营，大兵们都喜欢吃狗不理的包子。这年直隶总督袁世凯来天津，营中官员拜见袁大人，心想大人山珍海味天天吃，早吃厌了，不如送两屉狗不理包子，就叫狗子添油加肉，精工细做，蒸了两屉，赶在午饭时候，趁热送来。狗子有心眼，花钱买好衙门里的人，在袁大人用餐时先送上狗不理。人吃东西时，第一口总是香。袁大人一口咬上去，满嘴流油，满口喷香，心中大喜，说："我这辈子头次吃这么好的包子。"营官自然得了重赏。

转过几天，袁大人返京，寻思着给老佛爷慈禧带点什么稀罕东西。谁知官场都是同样想法。袁大人想，老佛爷平时四海珍奇，嘛见不着；鱼翅燕窝，嘛吃不到；花上好多钱，太后不新鲜，不如送上前几天在天津吃的那个狗不理包子，就派人办好办精，弄到京城，花钱买好御膳房的人，赶在慈禧午间用餐时，蒸热了最先送上，并嘱咐说："这是袁大人从天津回来特意孝敬您的。"慈禧一咬，喷香流油，勾起如狼似虎的胃口。慈禧一连吃了六个，别的任嘛不吃，还说了这么一句：

"老天爷吃了也保管说好！"

这句话跟着从宫里传到宫外，从京城传到天津。金口一开，天下大吉，狗不理名满四海，直贯当今。

燕子李三

他是个天下少见的飞贼，
专偷富豪大户，每偷走一物，
必在就近画下一只燕子做记号，
表示东西是他大名鼎鼎的燕子李三偷的。

光绪末年，天津卫出了一位奇人，叫燕子李三。他人叫李三，燕子是他的绰号。他是个天下少见的飞贼，专偷富豪大户，每偷走一物，必就近画下一只燕子做记号，表示东西是他大名鼎鼎的燕子李三偷的。此贼牵涉到富贵人家，官府必然下力缉拿，但李三的功夫奇高，穿房越脊，如走平地。遇到河面还能用脚尖点着水波而行，从这岸到那岸，这一手叫作"蜻蜓点水"。轻功不到绝顶，绝对学不会这一手。

　　燕子李三的事闹了半年，在城里城外十多个富人家窃去的宝贝旁，留下了那个燕子的记号，府县的捕快使了不少计谋逮他，却连李三的影儿也没见过。有的说模样像时迁，一身紧身皂衣，长筒软靴，深夜出来行盗，人混在夜色里，绝对看不出来。有的说他长相和杨香武一样，嘴唇上留一撮两头向上翘的小黑胡，更是"燕子"的来历。于是一时间，留小胡子的人走在街上总会招人多看两眼。后来又有人说，什么时迁杨香武，都是戏迷瞎诌的。此人肯定长相平平，不惹眼，白天睡觉，半夜出行，像蝙蝠。

　　这李三怎么突然冒出来的？为嘛以前从没人说过？肯定是新近打外地窜来的。天津卫有钱的人多，有钱的人宝贝多，就把李三这种人招来了。传说这个李三是河北人，燕赵之地的人身上都有功夫，还有说的更有鼻子有眼——是吴桥人。吴桥人善杂技，爬杆走绳，如履平地。说法虽然多，谁也没见过。愈见不着愈瞎猜，愈猜愈玄愈神愈哏，甚至有人说这李三就是几个月前刚打外地调任天津的县太爷。县太爷是河北人，人瘦如猴，能文善武，还爱财。甭管是不是他，反正说来挺好玩，愈说愈有乐子。天津人就好过嘴瘾，往里是吃，往外是说；说美了和吃美了一样痛快。

不过这飞贼李三在人们嘴里口碑不坏。反正他不偷穷人的。不但偷富，还济贫。东门内一家穷人欠着房租还不上，被房主逼得无奈，晚上在屋里哭哭啼啼，忽然打后窗外扔进一包东西，打开一瞧，竟是不少银子，令这家人更惊奇的是，包袱一角画着一只小燕。这家人急忙出去谢恩人，跑到门外一片漆黑，早没了人影。听说最有机会看到李三长相的是蹲在城门口讨饭的裴十一。李三把一纸包钱亲手撂在他手心里，可裴十一是个瞎子，只捏到李三的手，这手不大却挺硬；虽然脸对脸，嘛也瞧不见。

这一来，李三在人们口里就更神奇了。

一天，燕子李三在天津卫，把偷窃一事做到了头——他偷到天津最大的官直隶总督荣禄老爷的家。

这天，荣禄的老婆早晨起来梳妆，发现梳妆匣子里的一个珍珠的别针不见了。这是她顶喜欢的一件宝贝，珠子大小跟葡萄差不多，亮得照眼，这么大的珍珠在海蚌里得五百年才能养成，当年荣禄想拿它孝敬老佛爷，她都死活不肯。丢了这东西跟她丢条命差不多。最气人的是在放别针那块衬绸上画了一只燕子，这纯粹是和荣禄老爷叫板！气得荣禄一狠劲咬碎一颗后槽牙。

荣禄也不是凡辈，他使个法儿：在大堂中间放一张八仙桌，桌面中央摆了总督的官印，上边罩一个玻璃罩子，然后放出话去，说当夜他要关上大堂门，堂内不设兵弁护卫，只他自己一人坐在堂上守候着官印，他要从天黑守到天亮，燕子李三有胆量有本事就来把官印取走！

这话一出，算和李三较上劲了，而且总督大人保准能赢。想想看，虽然大堂内没有一兵一卒，可是堂外必然布满兵力。大堂的门关着，官印在玻璃罩子里边扣着，总督又坐在堂上瞪圆眼守着，李三能耐再大，怎么取法？再说，门窗全都紧紧关着，怎么进去？钻老鼠洞？

当夜总督大人就这么干了。桌子摆在大堂上，官印放在桌面中央，罩了玻璃罩子；然后叫衙役退出大堂，所有门窗关得严严实实。总督大人自己坐在公案前，燃烛读书，静候飞贼。

从天黑到天亮，总督大人只在近五更时，困倦难熬时略打一个盹，但眨眼间就醒了。整整一夜没听到一点动静。天亮后，打开门窗，阳光射入，仆役们也都进来，只见那方官印还好好摆在那里，纹丝没动。总督大人笑了，说道："燕子李三只是徒有虚名罢了。"

然后，举起双手伸个懒腰，喝口茶漱漱嘴，喷在地上，预备回房休息。

这时，收拾官印的仆人掀开玻璃罩子时，忽然发现官印朝南一面趴一个虫子似的东西，再仔细一看，竟然是一只毛笔画的又小又黑的小燕子！燕子李三画的！

总督大人登时目瞪口呆，猜想是不是自己五更时那个小盹，给了超人燕子李三可乘之机，但门窗是闭着的，他怎么进来怎么出去的？

衙门里上上下下没人能猜得出来。

真人能人全在民间，很快民间就有了说法。说李三是在大堂还没关门窗时飞身进来，躲在了大堂正中那块"清正光明"大匾的后边，待到总督大人困极打盹时，下来把事干了，然后重回匾后藏身，天亮门窗一开，趁人不备，飘然而去。

这说法合情合理。可是总督大人纳闷，他当时为什么不拿走官印，只在上边画个小燕？

人们笑道：官印？李三爷能拿却不拿，就是告诉你，那破东西只有你当宝贝，谁要那个！

好嘴杨巴

鼓一张

天津卫的杨柳青有灵气，
家家户户人人善画；
老辈起稿，男人刻版，妇孺染脸，
孩童填色，世代相传，高手如林。

天津卫的杨柳青有灵气，家家户户人人善画；老辈起稿，男人刻版，妇孺染脸，孩童填色，世代相传，高手如林。每到腊月，家家都把画拿到街上来卖，新稿新样，层出不穷，照得眼花。可是甭管多少新画稿冒出来，卖来卖去总会有一张出类拔萃地"鼓"出来。杨柳青说的这个"鼓"字就是"活"了——谁看谁说喜欢，谁看谁想买，争着抢着买，这张画像着了魔法，一下子能卖疯了。

　　于是年年杨柳青人全等着这画出现，也盼着自己的画能"鼓"起来了，都把自己拿手的画亮出来。这时候，全镇的年画好比在打擂。

　　这画到底是怎么鼓的？谁也说不好。没人鼓捣，没人吆喝，没人使招用法，是它自己在上千种画中间神不知鬼不觉鼓出来的。这画为嘛能鼓呢？谁也说不好。戴廉增和齐健隆[1]两家大店，画工都是几十号，专门起稿的画师几位，每年新画上百种，却不见得能鼓出来；高桐轩[2]画得又好又细，树后边有窗户，窗户格后边还透出人来；他的画张张好卖，可没一张鼓过。就像唱戏的角儿，唱得好不一定红。人

---

[1] 戴廉增、齐健隆为杨柳青年画鼎盛时期（清代光绪以前）最重要的两家画店。店铺设在镇上，规模大，品种多，印绘精美，影响甚广，今已不存。
[2] 高桐轩，字荫章，天津杨柳青人，清末著名年画画师。曾入清廷如意馆作画，擅长工笔和界画，造型精美，画艺高超，著有《墨余索录》。

们便说，这里边肯定有神道，神仙点哪张，哪张就能鼓；但神仙决不多点，每年只点一张。这样，杨柳青就有句老话：

年画一年鼓一张，不知落到哪一方。

镇上有个做年画的叫白小宝。他祖上几代都干这行，等传到他身上，勾、刻、印、画样样还都拿得起来，就是没本事出新样子，只能用祖传的几块老版印印画画。比方《莲年有余》《双枪陆文龙》《俏皮话》，还有一种《金脸财神》。这些老画一直卖得不错，够吃够穿够用，可老画是没法再鼓起来的，鼓不起来就赚不到大钱，他心里憋屈，却也没辙。

同治八年立冬之后，他支上画案，安好老版，卷起袖子开始印画。他先印《双枪陆文龙》那几样，每样每年一千张；然后再印《莲年有余》，这张画上是个白白胖胖的小子抱条大红鲤鱼，后边衬着绿叶粉莲。莲是连年，鱼是富裕，连年有余。这是他家"万年不败"的老样子。其实，《莲年有余》许多画店都有，画面大同小异，但白家画上的胖小子开脸喜相，大鱼鲜活，每年都能卖到两千张，不少是叫武强南关和东丰台那边来人成包成捆买走的呢。

一天后晌，白小宝印画累了，撂下把子，去到街上小馆喝酒，同桌一位大爷也在喝酒。杨柳青地界不算太大，镇上的人谁都认得谁。这大爷姓高，年轻时在货栈里做账房先生，好说话，两人便边喝酒边闲聊。说来说去自然说到画，再说到今年的画，说到今年谁会"鼓一张"。高先生喝得有点高，信口说道："老白，你还得出新样子啊，吃祖宗饭是鼓不出来的。"这话像根棍子戳在白小宝的肋骨上。他挂不住面子，把剩下的酒倒进肚子，起身回家。

一路上愈想高先生的话愈有气，不是气别人，是气自己，气自己没能耐。进屋一见画案上祖传的老版，更是气撞上头，抓起桌上一把刻刀上去几下要把老版毁了，只听老婆喊着："你要砸咱白家的饭碗呀。"随后便迷迷糊糊被家里的人硬拽到床上，死猪一样不省人事。

转天醒来一看，糟了，那块祖传的老版——《莲年有余》真叫他毁了，带着版线剜去了一块，再细看还算运气，娃娃的脸没伤着，只是脑袋上一边发辫上的牡丹花给剜去了。可这也不行呀——原本脑袋两边各一条辫，各扎一朵牡丹花，如今不成对儿了。急也没办法，剜去的版像割去的肉，没法补上。眼瞅着这两天年画就上市了。好在这些天已经印出一千张，只好将就着再印一千张，凑合着去卖，能卖多少就卖多少，卖不出去认倒霉。

待到年画一上市，稀奇的事出现了。买画的人不但不嫌娃娃头上的花少一朵，不成对，反而都笑嘻嘻说这胖娃娃真淘气，把脑袋上的花都给耍掉了，太招人爱啦！这么一说，画上的娃娃赛动了起来，活了起来！于是你要一张，我要一张，跟着你要两张，我要两张，三天过去，一千张像一阵风刮走，一张不剩。白小宝手里没这幅画了，只好把先前使老版印的双辫双花的娃娃拿出来，可买画人问他："昨天那样的卖没了吗？"他傻了，为嘛人人都瞧上那个脑袋上缺朵花的呢。

可他也没全傻，晚上回去赶紧加印，白天抱到市上。画一摆上来，转眼就卖光。一件东西要在市场上火起来，拿水都扑不灭。于是一家老小全上手，老婆到集市上卖，他在家里印，儿子把印好的画一趟趟往集市上抱。他夜里再玩命印，也顶不住白天卖得快。几天过去，忽然一个街坊跑到他家说："老白，全镇的人都嘈嘈着——今年你的画鼓了！"然后小声问他，"这张画你家印了几辈子了，怎么先前不鼓，今年忽然鼓了？"

白小宝只笑了笑，没说，他心里明白。可是往深处一琢磨，又不明白了，怎么少一朵花反倒鼓了？

年三十晚上，白小宝一数钱，真发了一笔不小的财。过了年他家加盖了一间房，添置了不少东西，日子鲜活起来。

他盼着转年这张画还鼓着，谁知转年风水就变了，虽说这张画卖得还行，但真正鼓起来的就不是他这张了，换成一家不起眼的小画店"义和成"的一张新画，画名叫作《太平世家》。六个女人在打太平鼓。那张画也是没看出哪儿出奇地好，却卖疯了，天天天没亮，义和成门口买画的人排成队挨着冻候着。

好嘴杨巴

洋相

自打这天，天津人管学洋人装洋人的叫作『出洋相』。现在人说的『出洋相』，这典故就是从这件事来的。

自打洋人开埠，立了租界，来了洋人，新鲜事就入了天津卫。租界这俩字过去没听说过，黄毛绿眼的洋人没见过，于是老城这边对租界那边就好奇上了。

　　开头，天一擦黑，人们就到马家口看电灯，那真叫天津人开了眼。洋人在马家口教堂外立根杆子，上面挂个空心的玻璃球，球上边还罩个铁盘子，用来遮雨。围观的人不管大人小孩全仰着脑袋，张着嘴儿，盯着那个神奇的玻璃球，等着瞧洋人的戏法。天一暗下来，那玻璃球忽地亮了，亮得出奇，直把下边每张脸全都照亮，周围一片也照得像大太阳地，人们全都哎哟一声，好像瞧见神仙显灵了。洋人用嘛鬼花活叫这个玻璃球一下变亮的？

　　再一样，就是冬天里去南门外瞧洋人滑冰。南门外全是水塘河道，天一上冻，结上光溜溜的冰，那些大胡子小胡子和没胡子的洋人就打租界里跑来，在鞋底绑上快刀，到冰上滑来滑去，转来转去，得意至极。他们见中国人聚在河堤上看他们，更是得意，原地打起旋儿来，好比陀螺。有时玩不好，一个趔趄摔屁股蹲儿，或者四仰八叉趴在冰上，引来众人齐声大笑。当时有位文人的一首诗就是写这情景：

脚缚快刀如飞龙，

舒心活血造化功。

跌倒人前成一笑，

头南脚北手西东。

　　不久，就有些小子去到租界那边弄洋货，再拿回到老城这边显摆。一天，一个小子搬了个自鸣钟到东北角大胡同的玉生春茶楼上，摆在桌上，上了弦，这就招了一帮人围着看，等着听它打点。到点打钟，钟声悦耳，这玩意儿把天津人镇住了，茶楼上一天到晚都坐满了人，把玉生春的老板美得嘴都闭不上了，说要管那个抱钟来的小子免费喝茶吃东西。没过十天，玉生春又来个中年人，穿戴得体，端着一个讲究的锦缎包，先撂在桌上，再打开包，露出一个挺花哨的镏金的洋盒子，谁也不知干嘛用的。只见他也拧了弦，可不打点，盒里边居然叮叮当当奏出音乐，好听得要死。人称这小魔盒为"八音盒子"。这一来，来玉生春喝茶看热闹的人又多一倍，连站着喝茶的也有了。

　　不多时候，老城东门里大街忽然出现一个怪人，像洋人，又不像洋人，中等个，三十边儿上，穿卡腰洋褂子，里边小洋坎肩，领口有只黑绸子缝的蝴蝶，足蹬高筒小洋靴，头顶宽檐小洋帽，一副深色茶镜遮着脸，瞧不出是嘛人。看长相，像洋人，可是再看鼻子小了点。洋人鼻子又高又大前边带钩，俗称"鹰钩鼻子"。这人鼻子小，圆圆好赛小蒜头。

　　这怪人在街头站了一会儿，忽然打腰里掏出一个小纸盒，从里边抽出一根一寸多长的小细木棍儿，棍儿一头顶着个白头。他举起小木棍儿，从上向下一划，白头一蹭衣襟，嚓地生出火来，把木棍儿引着，令街上的众人一大惊，不知怪人这小棍儿是嘛奇物。怪人待手里的小木棍儿烧到多半，扔在地上，跟着从小盒再抽一根，再划，再生火，再烧，再扔。就这么一连划了十多根，表演完了，嘛话没说，扬长而去。

从此天津人称怪人这种"一划就着"的玩意儿叫"自来火"。

怪人走后十天，又来到东门里大街上，换了穿戴，领口那蝴蝶换只金色的。他又掏出自来火，划着；可这次没扔，而是打口袋又掏出一个纸盒来，这纸盒比自来火那纸盒大一号，上边花花绿绿印了一些外国字；他从盒里抽出一根，这根不是木棍儿，而是小拇指粗细大小白色的纸棍儿，他插在嘴上，使自来火点着，街两边的人吓得捂耳朵，以为要放炮。谁料他点着后不冒火，只冒烟；他嘬了两口，张嘴吐出的也是烟。人们不知他干嘛，站在近处的却闻出一股烟叶味，还有股子异香。去过租界的人知道这是洋人抽的烟。原来洋人不抽烟袋，抽这种纸卷的怪烟，烟不放在腰间，藏在衣兜里。

从此天津人称这种洋烟叫"衣兜烟卷"。

这一阵子老城东门里大街上天天聚着一些人，有的人就是等着看这怪人和怪玩意儿。可是他不常露面，一露面就惹得满城风雨。一天，他牵来一只狗。这狗白底黑花，体大精瘦，两耳过肩，长舌垂地，双眼赛凶魔，它从街上一过，街上的野狗不单吓得一声不出，还一连几天不敢露头。

人要出头出名，就该有人琢磨了。这怪人到底是谁，是真洋人还是冒牌货？不久就有两样说法截然相反。一说，他家在西头，父亲卖盐，花钱不愁，近些年父亲总在南边跑买卖，没人管他，他特迷洋人，整天泡在租界里，举手投足都学洋人。另一说，这怪人是地道洋人，刚到租界才一年，觉得老城新鲜，过来逛逛而已，听说还会说一句半句中国话。进而有人说这怪人是英吉利人，叫巴皮。

那时候，天津卫闹新潮，常有人演讲。讲新风，反旧习，倡文明。演讲的地方在估衣街谦祥益对面的总商会，主办是广智馆。一天，总商会又有演讲会，先上来一位先生站在台前，向台下边听众介绍一位来自租界的贵宾。跟着怪人出现了，还是那身穿戴，脖子上的蝴蝶又换成了白底绿格的了。他上来弯下腰手一撇，行个洋礼，说几句洋话。

下边一个学生说："他说的是哪国话？不像英文。我可是学英文的。"

这下人们就议论开了。

下边忽有人叫道："你是叫巴皮吗？"

这怪人好似生怕给别人认错，马上说："我就是巴皮。"

下边人接着问："你打哪儿学的中国话，怎么还是天津味的？"

这话问过，众人一寻思，怪人刚刚说的话还真有点天津口音。

怪人一怔，不好答。下边人又问："你爹是谁？"

怪人又一怔，马上把话跟上说："米斯特·巴皮。"

没想到下边问话这人放大嗓门说："小子，睁大眼看看我是谁？我才是你爹！我刚打广东回来。巴皮？巴嘛皮？快把这身洋皮给我扒下来回家！别在这儿出洋相了。"

自打这天，天津人管学洋人装洋人的叫作"出洋相"。

现在人说的"出洋相"，这典故就是从这件事来的。

怪世奇谈

能人背后有仙人。
仙人背后有神人。

三寸金莲

人说，小脚里头，
藏着一部中国历史，这话玄了！

书前闲话

　　人说，小脚里头，藏着一部中国历史，这话玄了！三寸大小脚丫子，比烟卷长点有限，成年论辈子，给裹脚布裹得不透气，除去那股子味儿，里头还能有嘛？

　　历史一段一段。一朝兴，一朝亡。亡中兴，兴中亡。兴兴亡亡，扰得小百姓不得安生，碍吃碍喝，碍穿碍戴，可就碍不着小脚的事儿。打李后主到宣统爷，女人裹脚兴了一千年，中间换了多少朝代，改了多少年号，小脚不一直裹？历史干它嘛了？上起太后妃子，下至渔女村姑，文的李清照，武的梁红玉，谁不裹？猴不裹，我信。

　　大清入关时，下一道令，旗人不准裹脚，还要汉人放足。那阵子大清正凶，可凶也凶不过小脚。

　　再说凶不凶，不看一时。到头来，汉人照裹不误，旗人女子反倒瞒爹瞒妈，拿布悄悄打起"瓜条儿"来。这一说，小脚里别有魔法吧！

　　魔不魔，且不说。要论这东西的规矩、能耐、讲究、修行、花招、手段、绝招、隐秘，少说也得三两天。这也是整整一套学问。我可不想蒙哪位，这些东西，后边书里全有。您要是没研究过它，可千万别乱插嘴；您说小脚它裹得苦，它裹得也挺美呢！您骂小脚它丑，嘿，它还骂您丑哪！要不大清一亡，何止有哭有笑要死要活，缠了放放了缠，再缠再放再放再缠。那时候人，真拿脚丫子比脑袋当事儿。您还别以为，如今小脚绝了，万事大吉。不裹脚，还能裹手、裹眼、裹耳朵、裹脑袋、裹舌头，照样有哭有笑要死要活，缠缠放放放放缠缠，放放缠缠缠缠放放。这话要再说下去，可就扯远了。

这儿，只说一个小脚的故事。故事原带着四句话：

说假全是假，
说真全是真；
看到上劲时，
真假两不论。

您自管酽酽沏一壶茉莉花茶，就着紫心萝卜芝麻糖，边吃边喝，翻一篇看一篇，当玩意儿。要是忽一拍脑门子，自以为悟到嘛，别胡乱说，说不定您脑袋走火，想岔了。

今儿，天津卫犯邪。

赶上这日子，谁也拦不住，所有平时见不到也听不到的邪乎事，都挤着往外冒。天一大早，还没亮，无风无雨，好好东南城角呼啦就塌下去一大块，赛给火炮轰的。

邪乎事可就一件接一件来了。

先是河东地藏庵备济社的李大善人，脑袋一热，熬一百锅小米粥，非要周济天下残人不可。话出去音儿没消，几乎全城穷家穷户的瞎子、聋子、哑巴、瘸子、瘫子、傻子，连癫痫头、豁嘴、独眼龙、罗锅、疤眼、磕巴、歪脖、罗圈腿、六指儿、黑白麻子，全都来了。闹红眼发疟腮的，也挤在当中，花花杂杂将李家粥厂围得密密实实。好像水陆画的小鬼们全下来了。吓得那一带没人敢上街，孩子不哭，狗不叫，鸡不上墙，猫不上房。天津卫自来没这么邪乎过。

同天，北门里长芦盐运司袁老爷家，也出一档子邪乎事。大奶奶吃马牙枣，叫枣核卡住嗓眼儿，吞饽饽、咽水、干咳、喝醋、扯着一只耳朵单腿蹦，全没用，却给一个卖野药的，拿一条半尺长的细长虫，把枣核顶进肚子里。袁老爷赏银五十两，可不多时那长虫就在大奶奶肚子里耍巴开了。疼得床上地下打滚翻个捶肚脑袋直撞墙，再找卖野药的，影儿也不见。一个老妈子懂事多，忙张罗人拿轿子把大奶奶抬到西头五仙堂。五仙堂供五大仙，狐黄白柳灰。狐是狐狸，黄是黄鼠狼，白是刺猬，灰是老鼠，柳就是长虫。大奶奶撅屁股刚磕三个头，忽觉屁眼儿痒痒，哧哧响滑溜溜，那长虫爬出来了。这事邪不邪？据说因为大奶奶头天早上，在井边踩死一条小长虫，这卖野药的就是大仙，长虫精。

邪乎事绝不止这两件。有人在当天开张的宫北聚合成饭庄吃紫蟹，掀开热腾腾螃蟹盖，里边居然卧着一粒珍珠，锃光照眼滴溜圆。打古到今，珍珠都是长在蚌壳里，谁听说长在螃蟹盖里边的？这珍珠不知便宜哪家小子，饭庄却落个开市大吉。吃螃蟹的，比螃蟹还多。这事算邪却不算最邪。更邪乎的事还在后边——有人说，一条一丈二尺长（另一说三丈六尺长）"金眼银鱼王"，沿南运河南下，今儿晌午游过三岔河口，奔入白河归东海。中晌就有几千号人，站在河堤上等候鱼王。人多，分量重，河堤扛不住，轰隆一声塌了方，一百多人赛下饺子掉进河里。一个小孩给浪卷走，没等人下去救，脑袋顶就不见了，该当淹死。可在娘娘宫前，一个老船夫撒网逮鱼，一网上来，有红有白，以为是大鲤鱼，谁知就是那孩子，居然有气，三弄两弄，眨眨眼站起来活了。在场的人全看傻了，这事算邪到家了吧？

谁料时过中晌，这股邪劲非但不减，反倒愈来愈猛，一头撞进官府里。

东北城角和河北大街两伙混星子打群架，带手把锅店街四十八家买卖铺全砸了。惊动了兵备道裕观察长，派了捕快中的强手，把两边头目冯春华和丁乐然拿了，关进站笼，摆在衙门口，左右两边一边一个。立时来了四五百小混星子，人人手攥本《混星子悔过歌》。这正是头年十月二十五日，裕观察长来津上任时，发给城中每个混星子一本，叫他们人人背熟，弃恶从善。今儿，他们就冲衙门黑压压一片跪着，捧本齐声念道：

混星子，到官府，多蒙教训，
混星子，从今后，改过自新；
细思量，先前事，许多顽梗，
打伤人，生和死，全然不论。
纵然间，逃法网，一时侥幸，
终有日，被拿访，捉到公庭；
披枷锁，上镣铐，王刑受尽，
千般苦，万般罪，难熬难撑。
…………

念到这儿，几百个小混星子，脸色全变，脑门上的青筋直蹦，眼里射凶光，后槽牙磨得咯咯响，好像五百只老鼠一起嗑东西。裕观察长坐在后堂听这声音，心里发瘆，浑身起鸡皮疙瘩。他本是气盛胆壮的人，可也顶不住这阴森森的声音，竟然抖抖打起冷战来，赛要发热病。三杯烈酒下去也压不住，只好叫人出去，开笼放人。混星子们一散，身上鸡皮疙瘩立时消下去。

再说，县衙门那边，邪得更邪。十七位本地有头有脸有名有姓的人物，平时也都是好事之徒，联名上呈子说，西市上拉洋片的胡作非为，洋片上画的净是光膀子，露脖子，还露半截大腿的洋娘儿们。勾引一些浪荡小子，伸头瞪眼，恨不得一头扎进洋片匣子里去。呈子的措辞有股逼人之气。说这是洋人有意糟蹋咱中国百姓。"污吾目，即污吾心；丧吾心，即丧吾国也。"还说，"洋片之毒，甚于鸦片，非厉禁净除不可！"向例，武人闹事在外，文人闹事在内。故此，文人闹起事更凶。可这次是朝洋人去的。邪乎劲一直冲向洋人。天津卫有句俗话：谁和洋人顶上牛，自有好戏在后头。看吧，大祸临头了！

果然，当天有人打租界那儿来说，大事不妙不好，租界各街口都贴出《租界禁例》，八大条：

一、禁娼妓；二、禁乞丐；三、禁聚赌酗酒打架斗殴；四、禁路上倾积废物垃圾灰土污水；五、禁道旁便溺；六、禁捉拿树鸟；七、禁驴马车轿随处停放；八、禁纵骑在途飞跑狂奔疾驰横行追逐争赛。

都说，这八大条，就是那呈子招惹的。你禁一，他禁八，看谁横？半天里，府县大人们碰头三次，想辙，躲避洋人的来势。估摸洋人要派使者找上门来耍横。大热天，县太爷穿上袍子补褂，备好点心茶水，还预备好一套好话软话脓话，直等到日头落下西城墙，也没见洋人来。县太爷心里的小鼓反而敲得更响。洋人不来，十成有更厉害的招儿。

这一大堆邪乎事，扰得人心赛河心的船，晃晃悠悠，靠不着边。有些人好琢磨，琢磨来琢磨去，就琢磨到自己身上。呀！原来今儿自己大小多少也有些不对劲的事儿。比方，砸了碟子和碗，丢东西丢钱，犯了小人，跑冤枉腿吃闭门羹，跑肚子，鼻子流血，等等。心里暗怕，生怕自己也犯上邪。有人一翻皇历，才找到根儿。原来今儿立秋，在数的"四绝日"。皇历上那"忌"字下边明明白白写着"一切"两字。不兴做一切事。包括动土，出行，探病，安葬，婚娶，盖屋，移徙，入室，作灶，行船，栽种，修坟，安床，剃头，交易，纳畜，祈福，开市，立券，装门，拔牙，买药，买茶，买醋，买笔，买柴，买蜡，买鞋，买鼻烟，买樟脑，买马掌，买枸杞子，买手纸等，全都不该做，只要这天做了事的，都后悔，都活该。

可又有人说，今儿的邪劲过大，非比一般，皇历上不会写着。这事原本有先兆——住在中营后身一位老寿星说，今儿清晨，鼓楼的钟多敲一下，一百零九下。本该一百零八下，所谓"紧十八，慢十八，不紧不慢还十八"。老寿星活了九十九，头遭碰上钟多敲一下。人们天天听钟响，天天一百零八下，谁会去数？老寿星的话就没人不信。这多出的一下正是邪劲来到，先报的信儿。愚民愚，没用心罢了。这一来，今儿所有邪乎事都有了来头。来头的来头，没人再去追。世上的事，本来明白了七八成，就算到头了。太明白，更糊涂。这些邪乎事、邪乎话，满城传来传去。人嘴歪的比正的多，愈说愈邪乎。可传到河北金家窑水洼一户姓戈的人家立时给挡住了。这家有位通晓世事的老婆子，听罢咧开满嘴黄牙，笑着说："嘛叫犯邪？今儿才是正经八百大吉祥日！您说说，这一档档事，哪一档称得上邪；穷鬼们吃上小米粥还不福气？袁大奶奶惹了大仙，没招灾，打嗓子眼儿进去，可又打屁眼儿出来了，这叫逢凶化吉！兵备道向例最凶，今儿居然开笼了事；饭庄子螃蟹盖里吃出大珍珠，您说是吉是邪？那该死在鱼肚子里的孩子，愣叫渔网打上来，河那么大，哪儿那么巧，娘娘显灵啊，不懂？要不为嘛偏偏在娘娘宫前边打上来的？这都是一千年也难碰上的吉祥事！吉利难得，逢凶化吉更难得。文人们上呈子闹事，碍您哪位吃饭了，可他们不闹闹，没事干，指嘛吃？洋人的告示哪儿是冲咱中国人来的？打立租界，咱中国人谁敢骑马在租界里乱跑？这是人家洋人给自己立规矩，咱何苦往身上揽，拿洋人当猫，自己当耗子，吓唬自己玩儿。我这话不在理？再说鼓楼敲钟，多一下总比少一下强，省得懒人睡不醒。东南城角塌那一块，给嘛冲的？邪气？不对，那是喜气！嘛叫'紫气东来'？你们说说呀！"

大伙儿一听，顿时心抻平了。嘛邪？不邪！大吉大利大喜大福！满城人立时把老婆子这些话传开了，前边都加上一句："那戈老婆子说——"可谁也没见过这老婆子。

老婆子一天都在忙自己的事。她有个小孙女刚好到了裹脚的年岁。头天她就蒸好两个红豆馅的黏面团子，一个祭灶，一个给小孙女吃了。据说，吃下黏面团，脚骨头变软，赛泥巴似的，要嘛样能裹成嘛样。

她要趁着这千载难逢的大吉利日子，成全小孙女一双小脚，也了却自己一桩大心事。却没料到，后边一大串真正千奇百怪邪乎事，正是她今天招惹出来的。

第一回　小闺女戈香莲

眼瞅着奶奶里里外外忙乎起来，小闺女戈香莲心就发毛了。一大块蓝布，给奶奶剪成条儿，在盆里浆过，用棒槌捶得又平又光，一排晾在当院绳子上，拿风一吹，翻来翻去扑扑响，有时还拧成麻花，拧紧再往回转，一道道松开。这边刚松那边又拧上了。

随后奶奶打外边买来大包小包。撇开大包，把小包打开摊在炕上，这么多好吃的。苹果片，酸梨膏，麦芽糖，酥蹦豆，还有最爱吃的棉花糖，真跟入冬时奶奶絮棉袄的新棉花一样又白又软，一进嘴就烟赛的没了，只留下点甜味——大年三十好吃的虽多也没这么齐全！

"奶奶干嘛这么疼我？"

奶奶不说，只笑。

她一瞧奶奶心就定了。有奶奶嘛也不怕，奶奶有的是绝法儿。房前屋后谁不管奶奶叫"大能人"。头年冬天扎耳朵眼儿时，她怕，扎过耳朵眼儿的姑娘说赛受刑，好好的肉穿个窟窿能透亮，能不受罪？可奶奶根本不当事儿。早早拿根针，穿了丝线，泡在香油碗里。等天下雪，抓把雪在香莲耳朵垂儿上使劲搓，搓得通红发木，一针过去毫不觉疼，退掉针，把丝线两头一结，一天拉几次，血凝不住。线上有油，滑溜溜只有点痒，过半个月，奶奶就把一对坠着蓝琉璃球的耳环子给她戴上了。脑袋一晃，又滑又凉的琉璃球直蹭脖颈，她问奶奶裹脚也这么美？奶奶怔了怔，告她："奶奶有法儿。"她信奶奶有法保她过这关。

头天后晌，香莲在院里玩耍，忽见窗台上摆着些稀奇玩意儿，红的蓝的黑的，原来四五双小鞋。她没见过这么小的鞋，窄得赛瓜条，尖得赛五月节吃的粽子尖，奶奶的鞋可比这大。她对着底儿和自个儿的脚一比，只觉浑身一激灵，脚底下筋一抽缩成团儿。她拿鞋跑进屋问奶奶：

"这是谁的？奶奶。"

奶奶笑着说：

"是你的呀，傻孩子。瞧它俊不？"

香莲把小鞋一扔，扑在奶奶怀里哭着叫着：

"我不裹脚，不裹，不裹哪！"

奶奶拿笑堆起的满脸肉，一下卸了，眼角嘴角一耷拉，大泪珠子砸下来。可奶奶嘛话没说，直到天黑，香莲抽抽噎噎似睡非睡一整夜，影影绰绰觉得奶奶坐在身边一整夜。硬皮老手，不住揉擦自己的脚；还拿起脚，按在她那又软又皱又干的起了皮的老嘴上亲了又亲。

转天就是裹脚的日子！

裹脚这天，奶奶换一张脸。脸皮绷得直哆嗦，一眼不瞧香莲。香莲叫也不敢叫她，截门往当院一瞧，这阵势好吓人呀——大门关严，拿大门杠顶住。大黑狗也拴起来。不知哪儿来一对红冠子大白公鸡，指头粗的腿给麻经子捆着，歪在地上直扑腾。裹脚拿鸡干嘛？院子当中，摆了一大堆东西，炕桌、凳子、菜刀、剪子、矾罐、糖罐、水壶、棉花、烂布，浆好的裹脚条子卷成卷儿放在桌上。奶奶前襟别着几根做被的大针，针眼穿着的白棉线坠在胸前。香莲虽小，也明白眼前一份儿罪等她受了。

奶奶按她在小凳上坐了，给她脱去鞋袜，香莲红肿着眼说：

"求求奶奶，明儿再裹吧，明儿准裹！"

奶奶好赛没听见，把那对大公鸡提过来，坐在香莲对面，把俩鸡脖子一并，拿脚踩住，另只脚踩住鸡腿，手抓着鸡胸脯的毛几大把揪净，操起菜刀，噗噗给两只大公鸡都开了膛。不等血冒出来，两手各抓香莲一只脚，塞进鸡肚子里。又热又烫又黏，没死的鸡在脚上乱动，吓得香莲腿一抽，奶奶疯一样叫：

"别动劲！"

她从没听过奶奶这种声音，呆了。只见奶奶两手使劲按住她脚，两脚死命踩住鸡。她哆嗦鸡哆嗦奶奶胳膊腿也哆嗦，全哆嗦一个儿。为了较上劲，奶奶屁股离开凳子翘起来。她又怕奶奶吃不住，一头撞在自己身上。

不会儿，奶奶松开劲，把她脚提出来，血糊淋拉满是黏糊糊鲜红鸡血。两只大公鸡奶奶给扔一边，一只蹬两下腿完了，一只还扑腾。奶奶拉过木盆，把她脚涮净擦干，放在自己膝盖上。这就要裹了。香莲已经不知该嚷该叫该求该闹，瞅着奶奶抓住她的脚，先右后左，让开大脚趾，拢着余下四个脚指头，斜向脚掌下边用劲一掰，骨头嘎儿一响，惊得香莲"嗷"一叫，奶奶已抖开裹脚条子，把这四个脚指头勒住。香莲见自己的脚改了样子，还不觉疼就又哭起来。

奶奶手好快。怕香莲太闹，快缠快完。那脚布裹住四趾，一绕脚心，就上脚背，挂住后脚跟，马上在四趾上再裹一道。接着返上脚面，借劲往后加劲一扯，硬把四趾煞得往脚心下头卷。香莲只觉这疼那紧这蹩那折，奶奶不叫她把每种滋味都咂摸过来，干净麻利快，照样缠过两圈。随后将脚布往前一拉，把露在外边的大脚趾包严，跟手打前往后一层层，将卷在脚心下的四个脚指头死死缠紧，好比叫铁钳子死咬着，一分一毫半分半毫也动弹不了。

香莲连怕带疼，喊声大得赛猪嚎。邻居一帮野小子，挤在门外叫："瞧呀，香莲裹小脚啦！"门推得哐哐响，还打外边往里扔小土块。大黑狗连蹿带跳，朝大门吼也朝奶奶吼，拴狗的桩子硬给扯歪。地上鸡毛裹着尘土乱飞。香莲的指甲把奶奶胳膊掐出血来。可天塌下来，奶奶也不管，两手不停，裹脚条子绕来绕去愈绕愈短，一绕到头，就取下前襟上的针线，密密缝上百十针，拿一双小红鞋套上。手一撩粘在脑门上的头发，脸上肉才松开，对香莲说：

"完事了，好不？"

香莲见自己一双脚，变成这丑八怪，哭得更伤心，却只有抽气吐气，声音早使尽。奶奶叫她起身试试步子。可两脚一沾地皮，疼得一屁股蹲儿坐下起不来。当晚两脚火烧火燎，恳求奶奶松松脚布，奶奶一听脸又板成板儿。夜里受不住时，就拿脚架在窗台上，让夜风吹吹还好。

转天脚更疼。但不下地走，脚指头踩不断，小脚不能成形。奶奶干脆变成城隍庙里的恶鬼，满脸杀气，操起炕扫帚，打她抽她轰她下地，求饶耍赖撒泼，全不顶用。只好赛瘸鸡，在院里一蹦一跳硬走，摔倒也不容她趴着歇会儿。只觉脚指头嘎嘎断开，骨头碴子咯吱咯吱来回磨，先是扎心疼，后来不觉疼也不觉是自己的了，可还得走。

香莲打小死爹死妈，天底下疼她的只有奶奶。奶奶一下变成这副凶相，自己真成没着没靠孤孤零零一只小鸟。一天夜里，她翻窗逃出来，一口气硬跑到碱河边，过不去也走不动，抱着小脚，使牙撕开裹脚布，打开看。月亮下，样子真吓人。她把脚插在烂泥里不敢再看。天蒙蒙亮，奶奶找到她，不骂不打，背她回去，脚布重又裹上。谁知这次挨了更凶狠的裹法，把连着小脚指头的脚巴骨也折下去，四个卷在脚心下边的小指头更向里压，这下裹得更窄更尖也更疼。她只道奶奶恨她逃跑，狠心罚她，哪知这正是裹脚顶要紧的一节。脚指头折下去只算成一半，脚巴骨折下去才算裹成。可奶奶还不称心，天天拿擀面杖敲，疼得她叫声带着尖钻墙出去。东边一家姓温的老婆子受不住，就来骂奶奶：

"你早干嘛去了！岁数小骨头软不裹，哪儿有七岁的闺女才裹脚的，叫孩子受这么大罪！你嘛不懂，偏这么干！"

"要不是我这孙女的脚天生小，天生软，天生有个好模样，要不是不能再等，到今儿我也下不去这手……"

"等，这就是你等来的。等得肉硬骨头硬，拿擀面杖敲出样儿来？还不如拿刀削呢！别遭罪了，没法子了，该嘛样就嘛样吧！"

奶奶心里有谱，没言声。去拾些碎碗片，敲碎，裹脚时给香莲垫在脚下边。一走碎碗碴就把脚硌破了。奶奶的扫帚疙瘩怎么轰，香莲也不动劲儿了。挨打也不如扎脚疼。可破脚闷在裹脚条子里头，沤出脓来。每次换脚布，总得带着脓血腐肉生拉硬扯下来。其实这是北方乡间裹脚的老法子。只有肉烂骨损，才能随心所欲改模变样。

这时候，奶奶不再硬逼她下地。还招呼前后院大姑小姑们，陪她说话做伴。一日，街北的黄家三姑娘来了。这姑娘人高马大，脚板子差不多六寸长，都叫她"大脚姑"。她进门一瞅香莲的小脚就叫起来：

"哎——呀！打小也没见过这脚，又小，又尖，又瘦，透着灵气秀气，多爱人呀！要是七仙姑见了，保管也得服。你奶奶真能，要不叫'大能人'呢！"

香莲嘴一撇，眼泪早流干，只露个哭相：

"还是你娘好，不给你往紧处裹，我宁愿大脚！"

"呀呀，死丫头！还不赶紧吐唾沫，把这些浑话吐净了。你要喜欢大脚，咱俩换。叫你天天拖着我这双大脚丫子，人人看，人人笑，人人骂，嫁也嫁不出去，即便赶明儿嫁出去，也绝不是好人家。"大脚姑说，"你没听过支歌，我唱给你听——裹小脚，嫁秀才，白面馒头就肉菜；裹大脚，嫁瞎子，糟糠饽饽就辣子。听明白了吗？"

"你没受过这罪，话好说。"

"受不就受一时，一咬牙就过去了。'受苦一时，好看一世'嘛！等小脚裹成，谁看谁夸，长大靠这双宝贝脚，求亲保婚少得了？保你荣华富贵，好吃好穿的一辈子享用不尽！"

"三姑说的嘛呀！问你，打今儿，我还能跑不？"

"傻丫头！咱闺女家裹脚，为的就是不叫你跑。你瞧谁家大闺女整天在大街上撒丫子乱跑？没裹脚的孩子不分男女，裹上脚才算女的。打今儿，你跟先前不一样，开始出息啦！"大脚姑小眼弯成月亮，眼里却满是羡慕。

香莲给大脚姑说得云遮雾罩。虽说迷迷糊糊，倒觉得自己与先前变得两样。嘛样，不清楚，好赛高了一截子。大了，大人了，女人了。于是打这天，再不哭不闹，悄悄下床来，两手摸着扶着撑着炕沿、桌角、椅背、门框、缸边、墙壁、窗台、树干、扫帚把，练走。把天大地大的疼忍在心里，嘴里决不出半点没出息没志气的声儿。再换裹脚条子，撕扯一块块带血挂脓的皮肉时，就仰头瞧天，拿右手掐左手，拿牙咬嘴唇，任奶奶摆布，眉头都不皱。奶奶瞧她这样怔了，惊讶不解，但还是不给她好脸儿，直到脓血消了，结了痂又掉了痂。

这一日，奶奶打开院门，和她一人一个板凳坐在大门口。街上行人格外多，穿得花花绿绿，姑娘们都涂胭脂抹粉，呼噜呼噜往城那边走。原来今儿是重阳节，九九登高日子，赶到河对面，去登玉皇阁。香莲打裹脚后，头次到大门外边来。先前没留心过别人的脚。如今自己脚上有事，也就看别人脚了。忽然看出，人脸不一样，小脚也不一样。人脸有丑有俊有粗有细有黑有白有精明有憨厚有呆滞有聪慧，小脚有大有小有肥有瘦有正有歪有平有尖有傻笨有灵巧有死沉有轻飘。只见一个闺女，年纪跟自己不相上下，一双红缎鞋赛过一对小菱角，活灵活现，鞋帮绣着金花，鞋尖顶着一对碧绿绒球，还拴一对小银铃铛，一走一颠，绒球甩来甩去，铃铛叮叮当当，拿自己的脚去比，哪儿能比哪！她忽起身回屋里拿出一卷裹脚条子，递给奶奶说：“裹吧，再使劲也成，我就要那样的！”她指着走远的小闺女说。

不看她神气，谁信这小闺女会对自己这么发狠。

奶奶的老眼哗哗冒出泪。俩仁月来一脸凶劲立时没了。原先慈爱的样儿又回来了。满面皱纹扭来扭去，一下搂住香莲呜呜哭出声说：

“奶奶要是心软，长大你会恨奶奶呀！”

第二回　怪事才开头

世上有些相对的事儿，比方好和坏、成和败、真和假、荣和辱、恩和怨、曲和直、顺和逆、爱和仇等，看上去是死对头，所谓非好即坏非真即假非得即失非成即败，岂不知就在这好坏、曲直、恩怨、真假之间，还藏着许许多多曲折许许多多花样许许多多学问，要不何止那么多事缠成死硬死硬疙瘩，难解难分？何止那么多人受骗、中计、上套，完事又那么多人再受骗、中计、上套？

单说这真假二字，其中奥妙，请来圣人，嚼烂舌头，也未必能说破。有真必有假，有假必有真；假愈多，真愈少；真愈多，假却反而愈多！就在这真真假假之中，打古到今，玩出过多少花儿？演过大大小小多少戏？戏接着戏，戏套着戏，没歇过场。以假充真，是人家的高招；以假乱真，是人家的能耐；以假当真，是您心里糊涂眼睛拙。您还别急别气，多少人一辈子拿假当真，到死没把真的认出来，假的不就是真的吗？在真假这俩字上，老实人盯着两头，精明人在中间折腾，还有人指它吃饭。这宫北大街上"养古斋"古玩铺佟掌柜就是一位。这人能耐如何，暂且不论，他还是位怪人。嘛叫怪，作小说的不能说白了，只能把事儿摆出来。叫您听其言观其行度其心，慢慢琢磨去。

一大早，佟忍安打家出来，进了铺子就把大小伙计全都打发出去，关上门，只留下少掌柜佟绍华和看库的小子活受。不等坐下歇歇就急着说：

"把那几幅画快挂出来！"

每逢铺子收进好货，请老掌柜过眼，都这么办。古董的真假，是绝顶秘密，不能走半点风出去。佟绍华是自己儿子，自然不背着。对看库的活受，绝非信得过，而是这小子半痴半残。人近二十，模样只有十三四，身子没长成个儿，还歪胸脯斜肩膀，好比压瘪的纸盒子。说话赛嘴里含着热豆腐，不知大舌头还是舌头短半截。两只眼打小没睁开过，小眼珠含在眼缝里，好赛没眼珠。还有喘病，一年三百六十五天，一口气总憋在嗓子眼里吱吱叫；静坐着也上气不接下气，生下来就这德行。小名活受，大名也叫活受，爹娘没打算他活多久，起名字都嫌费事多余。佟忍安却看上他这副没眼没嘴没气没神的样子，雇他看库。拿死的当活的用，也拿活的当死的用。

活受开库把昨儿收进的一捆画抱来，拿竿子挑着一幅幅挂上墙。佟忍安撩起眼皮在画上略略一扫，便说："绍华，你先说说这几幅的成色，我听着。"这才坐下来，喝茶。

佟绍华早憋劲要在他爹面前逞能，佟忍安嘴没闭上，他嘴就张开：

"依我瞧，大涤子这山水轴旧倒够旧，细一瞧，不对，款软了，我疑惑是糊弄人的玩意儿，对不？这《云罩挂月图》当然不假，可在金芥舟的画里顶头够上中流。这边焦秉贞的四幅仕女通景和郎世宁的《白猿摘桃》，倒是稀罕货。您瞧，一码皇绫裱。卖主说，这是当年打京城大宅门里弄来的。这话不假，寻常人家绝没这号东西……"

"卖主是不是问津园张霖家的后人？"

"爹怎么看出来的？上边又没落款！"佟绍华一惊。佟忍安两眼通神，每逢过画时，都叫他这样一惊又一惊。

佟忍安没接着往下说。手一指东墙上一幅绢本的大中堂画说：

"再说说那幅……"

以往过画，他一张口，爹就摇头。今儿爹没点头也没摇头，八成自己都蒙对了，得意起来，笑道：

"爹还要考我？谁瞧不出那是地道苏州片子，大行活。笔法倒是宋人的，可惜熏老点儿，反透出假。这造假，比起牛凤章牛五爷还差着些火候。您瞧它成心不落款，怕露马脚，或许想布个迷魂阵——怎么？爹，您看见嘛了？"

佟绍华见他爹已经站起来，眼珠子盯着这中堂直冒光。佟绍华知道他一认出宝贝，眼珠就这么冒光，难道这是真货？

佟忍安叫道："你过去看，下角枯树干上写着嘛？"他指画的手指直抖。

佟绍华上去一瞧，像踩着的鸭子，"呀"的一嗓子，跟着叫："上边写着'臣范宽制'，原来是一张宋画。爹，您真神啦！这幅画买进来后，我整整瞧了三天，也没看出这上边有字呀！您……您……"他不明白，佟忍安为嘛离画一丈远，反而看见画上的字。

佟忍安远视眼，谁也不知，只他自己明白。他躲开这话说：

"闹嘛？叫唤嘛！我早告过你，宋人不兴在画上题字，落款不是写在石头上，就是夹在树中间，这叫'藏款'。这些话我都说过，你不用心，反大惊小怪问我……"

"可咱得了张宝画呀，您知道咱统共才花几个钱——"

"嘛宝画，我还没细看，谁断定准是宋画了？"佟忍安接过话，脸一沉，扭头看一眼站在身后的活受说，"去把这中堂，大涤子那山水轴，还有金芥舟的《云罩挂月图》，卷起来入库！"

"剩……夏……织鸡古……鹅?"活受觍着脸问。

"叽咕叽咕嘛,去!"佟忍安不耐烦说。

活受绷起舌头,把这几个字儿的边边角角咬住又说一遍:"剩……下……这……几……幅……呢?"他指焦秉贞和郎世宁画的几幅。

"留在柜上标价卖!"佟忍安对佟绍华说,"洋人买,高高要价!"

"爹,这几幅难道不是……"

佟忍安满脸瞧不起的神气。忽然长长吐一口气,好一股寒气!禁不住自言自语地念了天津卫流传的四句话:"海水向东流,天津不住楼,富贵无三辈,清官不到头。"接着还是自言自语说道,"成家的成家,败家的败家。花开自谢,水满自干,谁也跳不出这圈儿去。唉——唉——唉——"他沉了沉,想把心里的火气压住却压不住,刚要说话,眼角瞅见活受斜肩歪脑袋,好赛等着自己下边的话,便轰活受快把画抱回库里,待活受前脚出去,后脚就冲到儿子面前发火:

"嘛,这个那个的!你把真假正看倒了个儿,还叫我当着下人寒碜你。再说,真假能当着外人说吗?我问你,咱指嘛吃饭?你说——"

"真假。"

"这话倒对。可真假在哪儿?"

"画上呀!"

"放屁!嘛画上?在你眼里!你看不出来,画上的真假管嘛用!好东西在你眼里废纸一张,废纸在你眼里成了宝贝!这郎世宁、焦秉贞,明摆着'后门道儿',偏当好货。反把宋人真迹当作'苏州片子'!这宋画一张就够你吃半辈子,你睁眼瞎!拿金元宝当狗屎往外扔!再说大涤子那轴,嘛,也假?你不知康熙二十九年到三十一年他客居天津,住在问津园张家？那画上明明写着康熙辛未，正是康熙三十年在张家时画的！凭着皮毛能耐，也稳能拿下来的东西，你都拿不住，还想在古玩行里混。我把铺子交给你还不如放火烧了呢！再有三年，还不把我这身老骨头贴进去！听着，打明儿，你卷被褥卷儿搬过来住，没我的话不准回家去，叫活受把库里的东西折腾出来，逐件看，看，看，看，看……"说到这儿，佟忍安上下嘴唇只在这"看"字上打转悠。好赛叫这字儿绊住了。

佟绍华见他爹眼对窗外直冒光，以为他爹又看出嘛稀世的宝贝来，就顺着佟忍安目光瞧去，透过花格窗棂，后院里几个人正干活。

这后院，外人不知，是"养古斋"造假古董的秘密作坊。

原来佟忍安这老小子与别人不同，他干古玩行，不卖真，只卖假。所有古玩行都是卖假也卖真。凡是逛古玩铺都是奔真的去的，还有能人专来买"漏儿"。佟忍安看到这层，铺子里绝不放真货，一码假的，好比诸葛亮摆空城计，愣一兵一卒不放。古玩行干的就是以假乱真，这一招真把古玩商的诀窍玩玄了玩绝了。只要掏钱准上当，半点便宜拿不到。他更有出奇能耐，便是造假。手底下有专人为他造假字假画，还在铺子后院，关上门造假古董。玉器、铜器、古钱、古扇、宣炉、牙器、砚台、瓷器、珐琅、毯子、碑帖、徽墨……他没不知不懂不能不会的。仿古不难，乱真死难。古董的形制、材料、花纹，一个朝代一个样，甚至一个朝代几百样，鱼龙变化无穷尽，差点道行，甭说摸门，围墙也摸不着。更难是那股子劲儿气儿味儿神儿。比方古玩行说的"传世古"和"出土古"。"传世古"是说一直打世上流传下来的东西，人手摸来摸去，长了就有股子光润含混的古味儿。"出土古"是说一直埋在土底下的东西，挖出来满带着土星子和锈花，有一股子斑驳苍劲味儿。再往细说，比方出土的玉器，发箍、笛头、扳指儿、镯子、佩环、烟嘴这些，在地下边一埋几百上千年，挨着随葬的铜器，日久天长铜锈浸进去生出绿斑，叫"铜浸"；死人的血透进去生出红斑，叫"血浸"。造假怎么造出铜浸血浸来？再说东西放久，不碰也生裂纹，过些时候再生一层裂纹罩在上边，一层一层，自然而然，硬造就假。懂眼的就能挑出来。偏偏佟忍安全有办法。这办法，一靠阅历、二靠眼力，三靠能耐。这叫高手高眼高招，缺一不行。假货里也有下品中品上品绝品，绝顶假货，非得叫这里头的虫子，盯上一百零八天，心里还不嘀咕，那才行。佟忍安干的就是这个。

他雇的伙计，跟一般古玩行不同，不教本事，只叫干活干事。那些雇来造假古董的，对古玩更是一窍不通的穷人，跟腌鸭蛋、烧木炭差不多，叫怎么干就怎么干。满院堆着泥坯瓦罐柴火老根颜色药粉匣子箩筐黑煤黄泥红铁绿铜，外人打表面绝看不出名堂。

当下，吸住佟忍安眼神的地方，两个小女子在拉一张毯子。这正是按他的法儿造旧毯子。毯子是打张家口定制的，全是蓝花黑边，明式的。上边抹黄酱，搭在大麻绳上，两人来回来去拉，毛儿磨烂，拿铁刷子捣去散毛，再使布帚沾水刷光，就旧了。拉毯子不能快，必得慢慢磨，才有历时久远的味儿。佟忍安有意雇女人来拉，女人劲小，拉得自然慢。这俩女子每人扯着毯子两个角，来回来去，拉得你上我下。

站在毯子这边的背着身儿，站在那边的遮着脸儿，只能看见两只小脚，穿着平素无花、简简单单的红布鞋。每往上一送毯子，脚尖一踮立起来，每往下一拉，脚跟一蹲缩回去，好赛一对小活鱼。

"绍华！"佟忍安叫道。

"在这儿，嘛事？"

"那闺女哪儿来的？"

"哪个？背影儿那个？"

"不，穿红鞋那个。"

"不知道。韩小孩帮着雇的，我去问问。"

"不，不用，你把她领来，我有话问她。"

佟绍华跑去把这闺女领来。这闺女头次来到柜上又头次见老爷，怕羞胆小，眼睛不知瞧哪儿，一慌，反而一眼瞧了老爷。却见老爷并没瞧她脸，而是死盯着自己一双小脚。眼神发黏，好赛粘在自己脚上，她愈发慌得不知把脚往哪儿摆。佟忍安抬起眼时，眼珠赛镏了金，直冒贼光，跟见鬼差不多。吓得这小闺女心直扑腾。佟绍华在一边，心里已经大明大白，便对这闺女说：

"你往前走一步。"

这闺女不知嘛意思，一怕，反倒退后半步。两脚前后往回一缩，赛过一对受惊的小红雀儿，哆哆嗦嗦往巢里缩去，只剩两个脚尖尖露在裤脚外边，好比两个小小鸟脑袋。佟忍安满面生光问这闺女：

"你多大年纪？"

"十七。"

"姓嘛叫嘛？"

"姓戈，贱名香莲。"

佟忍安先一怔，跟手叫起来：

"这好的名字！谁给你起的？"

戈香莲羞得开不了口。心里头好奇怪，这"香莲"名字有嘛好？可听老爷声音，看老爷神气，真叫她掉进雾里了。

佟忍安立时叫佟绍华把工钱照三个月尽数给她，不叫她干活，打发她先回家。香莲慌了，好好干活，话也不说半句，怎么反给她辞了？可看样子又不赛被辞，倒像要重用她。不知老爷打算干嘛？到底好事坏事，当时只当是桩怪事。

要说怪事，在这儿不过才开头罢了。

第三回　这才叫：怪事才开头

小半月后，择一天宜娶也宜嫁的大吉日，戈香莲要嫁到佟家当大儿媳妇，水洼那片人家，无人不知无人不晓无人肯信又无人不信。大花轿子已经摆在戈家门口了。

凭佟家在天津卫的名气，娶媳妇比买鱼还容易。虽说香莲皮白脸俊眉清目秀，腰身也俏，离天仙还差着一截。为嘛佟家非要这穷家小户闺女，还非要明媒正娶，花钱请了城里出名的媒婆子霍三奶奶登门游说。这种家的闺女还用得着游说？给个信儿还不上赶着把闺女送去？据说两家换帖子一看，生辰八字相克，佟家大少爷属鸡，戈香莲属猴，"白马犯青牛，鸡猴不到头"，这是顶顶犯忌的事。佟家居然也认可了。放"定"（订婚）那日，佟家照规矩派人送来八大金——耳环戒指镯子簪子脖链鸡心头针裤钩，外带五百斤大福喜的白皮点心。要说门当户对讲礼摆阔有头有脸人家也不过如此。这为嘛？吃错药了？

人说，多半因为佟家大少爷是傻子，好人家闺女谁也不肯跟这半痴半呆男人过一辈子。这等于花钱买媳妇。可再一想，也不对。

佟家没闺女，四个大儿子，俗话叫"四虎把门"，排绍字辈，名字末尾的字，一叫荣，一叫华，一叫富，一叫贵。正好"荣华富贵"。都说佟忍安老婆会生，刚把这"荣华富贵"凑齐，就入了阴间。可这四个儿子，一半是残。大儿子佟绍荣是傻子，小儿子佟绍贵自小有心病，娶过媳妇三年，就叫阎王派小鬼抓走了。可这四媳妇董秋蓉，正经是振华海盐店大掌柜董亭白的掌上明珠，明知佟家四少爷早早在阎王那里挂上号，不也把闺女送来了？冲嘛，冲佟家的家底儿。佟忍安买媳妇绝不买假，他买香莲买的嘛？

戈家老婆子笑不拢嘴，露着牙花子说，买就买她孙女一双小脚！

这话不能算错。香莲小脚人人夸人人爱。那年头娶媳妇先看脚后看脸，脸是天生的，脚是后裹的，能耐功夫全在脚上。可全城闺女哪个不裹脚，爹娘用心，自个儿经心，好看的小脚一个赛一个，为嘛一眼盯上香莲？

对这些瞎叨咕戈婆子理也不理。虽说她自个儿对这门鸡上天的婚事也多半糊涂着。糊涂就糊涂吧！反正香莲嫁了，拾个大便宜，佟家根本不管陪嫁多少。只两包袱衣服，两床缎被，一双鸳鸯绣花枕头，一对金漆马桶，佟家来两个用人一抱全走了。

香莲临上轿，少不得和奶奶一通抱头海哭。奶奶老泪纵横对她说：

"奶奶身贱，不能随你过去，你就好好去吧！总算你进了天堂一般的人家，奶奶心里的石头放平了。你跟奶奶这么多年，知道你疼爱奶奶。只一件事——那次裹脚，你恨奶奶！你甭拦我说，这事在奶奶心里憋了十年，今儿非说不可——这是你娘死时嘱咐我的，裹不好脚，她的魂儿要来找我……"

香莲把手按在奶奶嘴上，眼泪簌簌掉：

"我懂，那时奶奶愈狠才愈疼我！没昨儿个，也没今儿个！"

奶奶这才笑了，抹着泪儿，打枕头底下掏出个红包包。打开，三双小鞋，双双做得精细，一双紫面白底绸鞋，一双五彩丝绣软底鞋，还一双好怪，没使针线，赛拿块杏黄布折出来的。不知奶奶打哪儿弄来干嘛用。奶奶皱嘴唇蹭着她的耳朵说：

"这三双喜鞋，是找前街黑子他妈给你赶出来的，房前屋后就她一个全和人。听奶奶告明白你这三双喜鞋的穿法——待会儿你先把这双紫面白底的鞋换上。紫和白，叫'百子'，赶明儿抱一群胖小子。这双黄鞋要等临上轿子，套在紫鞋外边。这叫'黄道鞋'，记着，套上它就'双脚不沾娘家地'了。得我把你抱上轿子。还有，到了婆家必定要在红毡子上走，不准沾泥沾土，就穿它拜堂，拜过堂，叫它'踩堂鞋'。等进洞房，把这鞋脱下来藏个秘密地界儿，别叫别人瞧见。俗话说，收一代，发一代，黑道日子黄道鞋。有它压在身边，嘛歪的邪的，都找不到你头上……"

香莲听这大套大套的话怪好玩儿。挂着泪儿的眼笑眯眯瞧着奶奶，顺手不经意拿起另一双软鞋，一掰鞋帮，想看鞋底。奶奶一手抢过来，神气变得古怪，说："先别乱瞧！这是睡鞋……入洞房，脱下踩堂鞋，就换这双睡鞋。记着，临到上床时，这鞋可得新郎给你脱，羞嘛！谁结婚都得这样！拿耳朵听清楚，还有要紧的话呢——这鞋帮里边，有画，要你和新郎官一起看……"说到这儿，奶奶细了眼笑起来。

香莲没见过奶奶这样笑过，有点狡猾，有点发坏，好奇怪！她说："嘛画不兴先瞧瞧！"伸手去拿鞋。

奶奶"啪"打她手说："没过门子哪儿兴看！先揣怀里。进洞房看去！"上手把鞋掖她腰间。

外边呜里哇呜里哇吹奏敲打起来。奶奶赶紧叫香莲换上紫鞋，外套黄鞋，嘴巴涂点胭脂，脑门再扑点粉，戴上凤冠，再把一块大红遮羞布搂头罩上。还拿了两朵绒花插在自己白花花双鬓上，一猫腰，兜腰抱起香莲走出院子大门。这事情本该新娘子的父亲、兄长做的，香莲无父无兄，只好老奶奶承当。

香莲脸上盖着厚布，黑乎乎不透气，耳边一片吵耳朵的人声乐声放炮声。心里忽然难过起来，抓着奶奶瘦骨棱棱的肩膀，轻轻喊：

"香莲舍不得奶奶！"

奶奶年老，抱着大活人，劲强顶着，一听香莲的叫声，心里一酸，两腿软腰也挺不住劲，"扑通"一下趴下了，俩人摔成一团。两边人忙上去把她俩扶起来。奶奶脑门撞上轿杆立时鼓起大包，膝盖沾两块黄土，不管自己，却发急地喊：

"我没事！千万别叫香莲的脚沾地！抱进轿子快抱进轿子！"

香莲摔得稀里糊涂，没等把遮羞布掀开瞧，人已在轿子里。乱哄哄颤悠颤悠走起来，她忽觉自个儿好赛给拔了根儿，没挨没倚没依没靠，就哭起来，哭着哭着忽怕脸上脂粉给眼泪冲花了，忙向怀里摸帕子，竟摸出那双软底绣花睡鞋，想到奶奶刚才的话，起了好奇，打开瞧，鞋帮黄绸里子上，竟用红线黑线绣着许多小人儿，赛是嬉戏打闹的小孩儿，再看竟是赤身光屁股抱在一堆儿的男男女女。男的黑线，女的红线，干的嘛虽然不甚明白，总见过鸡儿猫儿狗儿做的事。这就咯噔一下脸一烧心也起劲扑腾起来。猛地大叫：

"我回家呀！送我回家找奶奶！"

由不得她了。轿子给鼓乐声裹着照直往前走，停下来就觉两双手托她胳膊肘，两脚下了轿子便软软踩在毡子上。走起来，遮羞布摆来摆去，只见脚下忽闪忽闪一片红。一路上过一道门又一道门再一道门。每一抬脚迈门槛，都听见人喊：

"快瞧小脚呀！"

"我瞧见小脚啦！"

"多大？多小？"

"瞧不好呀！"

香莲记着奶奶的话，在阔人家走路，最多只露个脚尖。虽然她这阵子心慌意乱，却留心迈门槛时，缩脚，用脚尖顶着裙边，不露出来，急得周围人弯腰歪脖斜眼谁也瞧不清楚。

最后好似来到一大间房子里。香烛味、脂粉味、花味，混成一团。忽然"唰"地眼前红绿黄紫闪光照眼一亮，面前站着个大胖男人，团花袍褂，帽翅歪着，手攥着她那块盖脸的红布，肥嘴巴一扭说：

"我要瞧你小脚！"

四边一片大笑。这多半就是她的新郎官。香莲定住神四下一瞧，满房男男女女个个披红挂绿戴金坠银，那份阔气甭提啦。几十根木桩子赛的大红蜡烛全点着，照得屋里赛大太阳地。香莲打小哪儿见过这场面，整个蒙了。多亏身边搀扶她的姑娘推一下那胖大男人说：

"大少爷，拜过天地才能看小脚。"

香莲见这姑娘苗条俊秀赛画里的女子。新鲜的是，她脖子上挂个绣花荷包，插许多小针，打针眼牵拉下各色丝线。

大少爷说："好呀桃儿，叫你侍候我俩的，你帮她不帮我，我就先看你的小脚！"上去就抓这桃儿裤腿，吓得桃儿连蹦带叫，胸前丝线也直飘舞。

几个人上来又哄又拦大少爷。香莲才看见佟家老爷一身闪亮崭新袍褂，就坐在迎面大太师椅上。那几人按着大少爷跪下腿同香莲拜过天地，不等起身，只听一个女人脆声说：

"傻啦，大少爷，还不掀裙子瞧呀！"

香莲一怔当儿，大少爷一把撩起她裙子，一双小脚毫不遮掩露在外边。满堂人大眼对小眼，一齐瞅她小脚，有怔有傻有惊有呆，一点声儿没有。身边的桃儿也低头看直了眼。忽然打人群挤进个黄脸老婆子，一瞧她小脚，头往前探出半尺，眼珠子鼓得赛要蹿出来，跟手扭脸挤出人群。四周到处都响起咦呀唏嘘呜哇喊喳咕嘎哟啊之声。香莲好赛叫人看见裸光光的身子，满身发凉，跪那里动不了劲。

佟忍安说：

"绍荣，别胡闹！桃儿你怔着干嘛，还不扶大少奶奶入洞房？"

桃儿慌忙扶起香莲去洞房，大少爷跟在后边又扯又撩，闹着要看小脚。一帮人也围起来胡折腾瞎闹欢，直到入夜人散，大少爷把桃儿轰走。香莲还没照奶奶嘱咐换睡鞋，大少爷早把她一个滚儿推在床上，硬扒去鞋，扯掉脚布，抓着她小脚大呼大叫大笑个不停。这男人有股蛮劲，香莲本是弱女子，哪儿敌得过。撑着打着躲着推着撕扯着，忽然心想自己给了人家，小脚也归了人家。爷们是傻子也是爷们，一时说不出是气是恼是恨是羞是委屈，闭上眼，伸着两只光脚任这傻男人赛摆弄小猫小鸡一样摆弄。

一桩怪事出在过门子之后不几天。香莲天天早上对镜梳妆，都见到面前窗纸上有三两小洞。看高矮，不是孩子们调皮捣蛋捅的；也不像是拿手指头抠的。洞边一圈毛茸茸，赛拿舌头舔的。今儿拿碎纸头糊上，赶明儿在旁边添上两个洞。谁呢？这日中晌大少爷去逛鸟市，香莲自个儿午觉睡得正香，模模糊糊觉得有人捏她脚。先以为是傻男人胡闹，忽觉不对。傻男人手底下没这么斯文。先是两手各使一指头，竖按着她小脚趾，还有一指头钩住后脚跟儿。其余手指就在脚掌心上轻轻揉擦，可不痒痒，反倒说不出地舒服。跟着换了手法，大拇指横搭脚面，另几个手指绕下去，紧压住折在脚心上的四个小指头。一松一紧捏弄起来。松起来似有柔情蜜意，紧起来好赛心都在使劲。一下下，似乎有章有法。香莲知道不在梦里，却不知哪个贼胆子敢大白天闯进屋拿这怪诞手法玩弄她脚，又羞又怕又好奇又快活，还有种欲望自身体燃起，脸发烧，心儿乱跳。她轻轻睁眼吓了一大跳！竟是公公佟忍安！只见这老小子半闭眼，一脸醉态，发酒疯吗？还要做嘛坏事情？她不敢喊，心下一紧，两只小脚不禁哧溜缩到被里。佟忍安一惊，可马上恢复常态，并没醉意。她赶紧闭眼装睡，再睁开眼时，屋里空空，佟忍安已不在屋里。

门没关，却见远远廊子上站个人，全身黑，不是佟忍安，是过门子那天钻进人群看她小脚的黄脸老婆子。正拿一双眼狠狠瞪她，好赛一直瞪进她心窝。为嘛瞪自己？

再瞧，老婆子一晃就不见。

她全糊涂了。

第四回　爷儿几个亮学问

八月十五这天，戈香莲才算头次见世面。世上不止一个面。要是没嫁到佟家，万万不知还有这一面。

都说晚晌佟忍安请人来赏月，早早男女用人就在当院洒了清水，拿竹帚扫净。通向二道院中厅的花玻璃隔扇全都打开。镶螺钿的大屏桌椅条案花架，给绸子勒得贼亮，花花草草也摆上来。香莲到佟家一个多月，天下怪事几乎全碰上，就差没遇见鬼，单是佟家养的花鸟虫鱼，先前甭说见，听都没听说过。单说吊兰，垂下一棵，打这棵里又蹿出一棵，跟手再从蹿出的这棵当中再蹿出一棵来。据说一棵是一辈，非得一棵接一棵一气儿垂下五棵，父辈子辈孙辈重孙辈重重孙子辈，五世同堂，才算养到家，这就一波三折重重叠叠累累赘赘打一丈多高一直垂到地。菊花养得更绝，有种"黄金印"，金光照眼，花头居然正方形，真赛一方黄金印章，奇不奇怪？当院摆的金鱼缸足有一人多高，看鱼非登到珊瑚石堆的假山上不可。里边鱼全是"泡眼"，尺把长，泡儿赛鸡蛋，逛逛悠悠，可是泡儿太大，浮力抻得脑袋顶着水面，身子直立，赛活又赛死，看着难受。这样奇大的鱼，说出去没人肯信……

晌午饭后，忽然丫头来传话说，老爷叫全家女人，无论主婢，都要收拾好头脚，守在屋里等候，不准出屋，不准相互串门，不准探头探脑。香莲心猜嘛样客人，要惊动全家梳洗打扮，在屋恭候。还立出这么多莫名其妙的规矩。

这样，家里就换一个阵势。

这家人全住三道院。佟忍安占着正房三间，门虽开着，不见人影。东西厢房各三间。香莲住东房里外两间，另外一间空着，三少爷佟绍富带着媳妇尔雅娟在扬州做生意，这间房留给他们回来时临时住住，平时空着关着。对面西厢房，一样的里外两间归二少爷佟绍华和媳妇白金宝闺女月兰月桂住，余剩的单间，住着守寡的四媳董秋蓉，身边只有个两岁小闺女，叫美子。虽是这样住，为了方便，都把里边的门堵上，房门开在外边。

香莲把窗子悄悄推开条缝儿，只见白金宝和董秋蓉房间都紧紧关闭。平时在廊子上走来走去的丫头们一个也不见了，连院当中飞来飞去的蜻蜓蝴蝶虫子也不见了，看来今晚之举非比寻常。她忽想到，平时只跟她客客气气笑着脸儿却很少搭话的二媳妇白金宝，早上两次问她，今儿梳嘛头穿嘛鞋，好赛摸她的底。摸她嘛底呢？细细寻思，一团糨糊的脑袋就透进一丝光来。

打过门子来，别的全都不清楚，单明白了自己真的靠一双小脚走进佟家。这家子人，有个怪毛病，每人两眼都离不开别人的脚。瞧来瞧去，眼神只在别人脚上才撂得住。她不傻，打白金宝、董秋蓉眼里看出一股子凶猛的妒恨。这妒恨要放在后槽牙上，准磨出刃来！香莲自小争强好盛，心里暗暗使了劲，今晚偏要当众拿小脚镇镇她们！趁这阵子傻爷们去鸟市玩儿，赶紧梳洗打扮收拾头脚。把头发篦过盘个连环髻，前边拿齐刷刷的刘海半盖着鼓脑门，直把镜子里的脸调理俊了。随后放开脚布，照奶奶的法儿重新裹得周正熨帖。再打开从家带来的包袱，拣出一双顶艳的软底小鞋。鲜鲜大红绸面，翠绿亮缎沿口，鞋面贴着印花布片儿，上边印着蝴蝶牡丹——鞋帮上是五彩牡丹，前脸趴着一只十色蝴蝶，翅膀铺开，两条大须子打尖儿向两边弯。她穿好试走几步，一步一走，蝴蝶翅膀就一扇一扇，好赛活的。惹得她好喜欢，自己也疼爱起自己的小脚来。她还把裤腰往上提提，好叫蝴蝶露给人看。

正美着，门一开，桃儿探进半个身子说："大奶奶好好收拾收拾脚，今晚赛脚！"香莲没听懂，才要问，桃儿忙摇摇手不叫她出声，胸前耷拉的五彩丝线一飘就溜走了。

赛脚是嘛？香莲没见过更没听说过。

门里门外，羊角灯一挂起来，客人们陆陆续续前前后后高高矮矮胖胖瘦瘦各带各的神气到了。两位苏州来的古玩商刚落座，佟绍华陪着造假画的牛五爷牛凤章来到。说是牛五爷弄来几件好东西，带手拿给佟忍安，问问铺子收不收。牛凤章常去四外搜罗些小古玩器，自己分不出真假，反正都是便宜弄来的，转手卖给佟忍安。佟忍安差不多每次都收下。牛五爷卖出的价比买进的多，以为赚了。但佟忍安也是得到的比花出的多，这里的多多少少却一个明白一个糊涂了。这次又掏出两小锦盒。一盒装着几枚蚁鼻币，一盒装着个小欢喜佛。佟忍安看也没看，顺手推一边，两眼直瞅着白金宝的房门，脸上皱纹渐渐抻平。佟绍华住在柜上，只要逮机会回来一趟，急急渴渴回房插门和媳妇热热乎乎闹一闹。牛凤章天性不灵，看不出佟忍安不高兴，还一个劲儿把小锦盒往佟忍安眼睛底下摆。佟忍安好恼，一时恨不得把锦盒扒落地上去。

门口一阵说说笑笑，又进来三位。一个眉清目朗，洒脱得很，走起路袖口、袍襟、带子随身也随风飘。另一个赛得了瘟病，脸没血色，尖下巴撅撅着，眼珠子谁也不瞧，也不知瞧哪儿。这两位都是本地出名的大才子。一个弄诗，一个弄画。前头这弄诗的是乔六桥，人称乔六爷，作诗像啐唾沫一样容易；这弄画的便是大名压倒天津城的华琳，家族中大排行老七，人就称他华七爷。六爷和七爷中间夹着一个瘦高老头。多半因为这二位名气太大，瘦老头高出一星半点不会被人瞧得见，就一下子高出半头来。这人麻酱色绣金线团花袍子，青缎马褂，红玛瑙带铜托的扣子一溜竖在当胸。眼睛黑是黑白是白，好比后生，人上岁数眼珠又都带浊气，他没有，眼光前头反有个挑三拣四的利钩儿。乔六桥后面的脚还没跨进屋，就对迎上来的佟忍安说：

"佟大爷，这位就是山西名士吕显卿。自号'爱莲居士'。听说今儿您这里赛脚，非来不可。昨儿他跟我谈了一夜小脚，把我都说晕了，兴致也大增，今儿也要尽尽兴呢！"

佟忍安听了，目光打二媳妇白金宝的房门立即移到这瘦高老头脸上。行礼客套刚落座，吕显卿便说：

"我们大同，每逢四月初八，必办赛脚大会，倾城出动，极是壮美。没想到京畿之间，也有赛脚雅事。不能不来饱饱眼福呢，佟大爷不见怪吧！"

"哪儿的话，人生遇知己，难得的幸会。早就听说居士一肚子莲学。我家赛脚，都是家中女眷，自个儿对自个儿比比高低，兼带着相互切磋莲事莲技。请来的人都是正经八百的'莲癖'，这就指望居士和诸位多多指点。方才听您提到贵乡赛脚会，我仰慕已久不得一见，可就是大同晾脚会？"

"正是。赛脚会，也叫晾脚会。"

佟忍安眉梢快活一抖，问道：

"嘛场面，说说看。"

他急渴渴，以至忘记叫人送茶。吕显卿也不在意，好赛一上手，就对上茬儿，兴冲冲说：

"鄙乡大同，古称云中。有句老话说'浑河毓秀，代产娇娃'。我们那儿女子，不但皮白肤嫩，尤重纤足。每逢四月八日那天，满城女子都跷着小脚，坐在自家门前，供游人赏玩。往往穷家女子小脚被众人看中，身价就一下提上去百倍……"

"满城女人？好气派好大场面呀！"佟忍安说。

"确是，确是。少说也有十万八万双小脚，各式各样自不必说。顶奇、顶妙、顶美、顶丑、顶怪的，都能见到。那才叫'天下之大，无奇不有'呢……"

"世上有此盛事！可惜我这几个儿子都不成气候。我这把年纪，天天还给铺子拴着。晾脚会这样事不能亲眼看一看，这辈子算白活了！"佟忍安感慨一阵子，又蛮有兴趣问道，"听说，大同晾脚时，看客可以上去随意捏弄把玩儿？"

乔六桥接过话说：

"佟大爷向来博知广闻，这下栽了。这话昨夜我也问过居士，人家居士说，晾脚会规矩可大——只许看，不许摸。摸了就拿布袋子罩住脑袋大伙儿打。打死白打！"

众人哈哈笑起来。乔六桥是风流人，信口就说，全没顾到佟忍安的面子。吕显卿露出得意来。佟忍安嘛眼？只装不知，却马上换了口气，不赛求教，倒赛考问：

"居士，您刚刚说那顶美的嘛样，倒说说看。"

"七字法呀，灵、瘦、弯、小、软、正、香。"吕显卿张嘴就说。好赛说，你连这个也不知道。

"只这些？"

这瘦老头挺灵，听出佟忍安变了态度，便说："还不够？够上一字就不易！尖非锥，瘦不贫，弯似月，小且灵，软如烟，正则稳，香即醉，哪个容易？"他面带笑对着佟忍安，吐字赛炒蹦豆。叫满屋听了都一怔。

佟忍安当然明白对方在抖落学问，跟自己较劲，便面不挂色，说了句要紧的话：

"得形易，得神难。"

吕显卿巴巴眨两下眼皮，没听懂佟忍安的话，以为他学问有限，招架不住，弄点玄的。他真恨不得再掏出点玩意儿，压死这天津爷们，便抡起舌头说：

"听说您家大少奶奶一双小脚，盖世绝伦，是不是名唤香莲？大名还是乳名？妙极！妙极！是呵，古来称小脚为金莲。以'香'字换'金'字，听起来更入耳入心，还不妙！'金莲'一说由来，不知您考过没有？都说南唐后主有宫嫔窅娘，人俊，善舞，后主命制金台，取莲花状，四周挂满珠宝，命窅娘使帛裹足，在金莲台上跳舞。自始，宫内外妇女都拿帛裹足，为美为贵为娇为雅，渐渐成风，也就把裹足小脚称作'金莲'。可还有一说，齐东昏侯，命宫人使金箔剪成莲花贴在地上，令潘妃在上边走，一步一姿，千娇百媚，所谓'步步生莲花'。妇女也就称小脚为'金莲'了。您信哪种说法？我信前种，都说窅娘用帛缠足，可没人说潘妃缠足。不缠足算不得小脚！"

吕显卿这一大套，把屋里说得没声儿，好赛没人了。这些人只好喜小脚，没料到给小脚的学问踩在下边。佟忍安一边听，一边提着自个儿专用的逗彩小茶壶，嘴对嘴呶茶，哑哑直响。人都以为他也赞赏吕显卿，谁料他等这位爱莲居士一住嘴，就说：

"说到历史，都是过去的事，谁也没见过，谁找着根据谁有理。通常说小脚打窅娘才有，谁敢断言唐代女子绝对不裹脚缠足？伊世珍《琅嬛记》上说，杨贵妃在马嵬坡被唐明皇赐死时，有个叫玉飞的女子，拾得她一双雀头鞋，薄檀木底，长短只有三寸五。这可不是孤证。徐用理的《杨妃妙舞图咏》也有几句：'曲按霓裳醉舞盘，满身香汗怯衣单，凌波步小弓三寸，倾国貌娇花一团。'三寸之足，不会是大脚。可见窅娘之前，贵妃先裹了脚。要说唐人先裹脚，杜牧还有两句诗：'钿尺裁量减四分，纤纤玉笋裹轻云。'一尺减去四分，还剩多少？"

"佟大爷，别忘了，那是唐尺，跟今儿用的尺子不一般大小！"吕显卿边听边等漏儿，抓住漏儿就大叫。

"别忙，这我考过。唐人哪儿能不用唐尺？唐尺一尺，折合今儿苏尺八寸，苏尺又比营造尺大一寸。诗上说一尺减四，便是唐尺六寸，折合苏尺是四寸八，折合今儿营造尺是四寸三。不裹脚能四寸三吗？您说说。"

吕显卿一时接不上话茬。眼睛嘴全张着。

乔六桥拍手叫起来：

"好呀，看来能人在咱天津卫，别总把眼珠子往外瞧了！"

众人都将吃惊的眼神，打山西人身上挪到佟忍安这边来。可人家吕显卿也是修行不浅的能人。能人全好胜，哪儿能三下两下就尿，稍稍一缓，话到嘴边，下巴一扬就说：

"佟大爷的话，听来有理。可使两句诗做根据，还嫌单薄。《唐语林》上说，唐时一般士人妻，服丈夫衫，穿丈夫靴，可见并不缠足。"

"说的是。可我并没说唐朝女子都缠足，而是说有缠足。有没有是一码事，都不都是另一码事。居士所考，是缠足发端哪朝哪代，不是哪朝哪代蔚成风气的，对不？咱议的嘛，先要定准，免得你说东我说西，走了题，不明不白。再说，从唐诗中求根据，绝非这三两句，白乐天有句，'小头鞋履窄衣裳'，焦仲卿也有句，'足蹑红丝履，纤纤作细头'。说的都是唐朝女子穿鞋好小头。按唐时礼节，走路不直疾促，行步快，即失礼。用布缠裹约束，自然迟缓。这是情理之中的事。至于缠成嘛样？嘛法？多大？另当别论。"

"今儿倒长了见识，天津卫佟大爷把缠足史的上限定到了唐。"吕显卿话里带讥讽，仍遮不住一时困窘。明摆着没话相争，学问不顶饿了。

佟忍安笑笑，好赛话才开头，接着说：

"要说上限，我看唐也嫌晚。《周礼》有屦人，掌管皇上和王妃鞋子，所谓赤舄、黑舄、赤繶、黄繶、青句、素履、葛履，都是各式各样鞋子。看重鞋，必看重脚。汉朝女子鞋头喜尖，打武梁祠壁画上看，老莱之母，曾子之妻，鞋头都尖。《史记·货殖列传》上说，'今夫赵女郑姬设形容，搊鸣琴，揄长袂，蹑利屣'。所谓利屣，也是尖头鞋子。《汉书·地理志》上有句话挺要紧，'赵女弹弦跕蹑'，师古注，跕字与屣同，是种无跟小鞋，跕是轻轻站着。由此看，汉朝女子以尖鞋、细步、轻站为美。自然要在脚上下功夫，那就非小不可。史游《急就篇》有句'靸鞮卬角褐袜巾'，下边的注不知您留意没有。注中说，靸谓韦履，头深而尖，平底，俗名靸子；鞮薄革小履也，巾者，裹足也。这话说得还要多明？您要听，我还有好多例子，就怕占大伙儿不少时候，犯不上。单把这些书上零零碎碎记载，细心推敲推敲，缠足始于唐，恐怕也不能说死吧！都说历史是死的，我看是活的，谁把它说死，谁都等着别人来翻个儿！"

吕显卿好赛给对方扔到水里，又按到水下边。不傻也呆，轮到了由人摆布的份儿。乔六桥比刚才叫得更欢：

"完了完了！今儿我才明白，没学问，玩小脚，纯粹傻玩儿！"

牛凤章脖子一缩说：

"说得我也想裹小脚了！"

这话惹得众人笑声要掀去屋顶。牛凤章人不怪心眼怪。他总是自觉身贱，时不时糟蹋自己一句，免得别人再来糟蹋。

今儿不比寻常。佟忍安正来劲，满肚子学问要往外倒，逮住牛凤章这句话，笑道：

"牛五爷可别这么说。明朝还真有男人裹足，伪装女子，混在女人堆儿里找便宜。事败后坐几年大狱，放出来人人骂他，藏不成，躲不了，人人能认出他来。"

"为嘛哪？"牛凤章瞪着小眼问。

"脚裹小了，还能大回来？"佟忍安说。

众人又是大笑。牛凤章双脚紧跺，叫着："我可不裹！我可不裹！"卖傻样儿逗大伙儿乐。

华琳摇着白手细指说："不不，牛五爷裹脚准叫人认不出来。"他说完这上半句，等别人追问为嘛才说下半句，"牛五爷造假画，赛真的；裹小脚，更赛真的！"说话时，眼珠子不看牛凤章，也不看佟忍安，好赛看屋顶。

这话够挖苦，可别人说还行，牛凤章和华琳同行，都画画，同行犯顶，不吃这话。他小眼一翻，立时把话撞回去：

"我的假画，骗得了您华七爷，可逃不过佟大爷的眼。对不，对不？嗯？嘻！"

牛凤章这句话既买好佟忍安，又恶心了华琳，说得自己都得意起来。华琳清高，但清高的人拉不下脸儿来，反倒吃亏没辙，脸气白了。

乔六桥说：

"牛五爷，你还是闭嘴拿耳朵听吧！没见佟大爷和这位居士正亮着学问。今儿吴道子、李公麟来了，也叫他滚。爷几个都是冲小脚来的！"

牛凤章立时捂嘴，发出牛叫般粗声儿：

"请佟大爷给诸位长学问！"

佟忍安压倒吕显卿，占了上风，心里快活。可他不带出半点得意，也就不显浅薄，反倒更显得高深。他心想，自己还要退一步，有道是，主不欺客，得意饶人，才算是大度。便看也没看牛凤章，撂下茶壶和颜悦色说道：

"这些话算嘛学问，都是闲聊闲扯罢了。世上事，大多都是说不清道不明，公说公有理，婆说婆有理，其实都有理。人说，凡事只有一个理，我说，事事都有两个理。每人抱着自己的理，天下太平；大伙儿去争一个理，天下不宁。古人爱找真，追究鸡生蛋，还是蛋生鸡，管它谁生谁！有鸡吃，有蛋吃，你吃鸡我吃蛋，你吃蛋我吃鸡，或是你吃鸡也吃蛋，我吃蛋也吃鸡，不都吃饱又吃好了？何苦去争先鸡后蛋先蛋后鸡？居士！眼下咱把这些废话全撂下，别耽误正事。马上赛脚给您看，听听您眼瞅着小脚，发一番实论，那才真长见识呢，好不好……"

"好好好！"吕显卿刚刚心里还拧着，这一下就平了。他给佟忍安挤到井边，进不是退也不是。谁料这老小子一番话又给他铺好台阶，叫他舒舒坦坦下来。心想，天津卫地起是码头，码头上的人是厉害；骑驴看景走着瞧，抓着机会再斗一盘！

第五回　赛脚会上败下来

众人听说赛脚开始，都欢呼起来。有的往前挪椅子，有的揉眼皮，有的按捺不住站起身，精神全一振。方才谁也没留意，这会儿忽见大门外廊子上站一个黄脸婆子。人虽老，神气绝不凡，脑袋梳着苏头鬏子，油光光翘起来的小鬏上，罩黑丝网套，插两朵白茉莉，一朵半开的粉红月季。身上虽是短打扮，一码黑，大裤子上的宽花边可够艳，胸前掖一块一尘不染的雪白帕子，两只小脚包得赛一对紧绷绷乌黑小粽子。鞋上任嘛装饰也没有，反倒入眼。

吕显卿低声问乔六桥：

"这是谁？"

乔六桥说：

"原来是佟大爷老婆的随身丫头。佟大奶奶死后，一直住在佟家。原叫潘嫂，现叫潘妈。您看那双小黑脚够嘛成色？"

"少见地好！凭我眼力，恐怕脚上的功夫更好。你们这位佟大爷花哨吗？"

乔六桥斜眼瞅一下佟忍安，离得太近，便压低声儿说："跟您差不离儿。"又说，"潘妈这脸儿可够瘆人的，谁也不会找她闹。"

"六爷这话差了！脚好不看脸，顾脚不顾头。谁还能上下全照应着。"

两人说得都笑出声来。

佟忍安这儿对潘妈发了话：

"预备好就来吧！"

大伙儿只等着佟家女眷们一个个上来亮小脚。谁知佟忍安别有一番布置，只听大门两边隔扇哗啦哗啦打开了。现出佟家人深居的三道院。院中花木假山石头栏杆秋千井台瓷凳都给中秋明月照得一清二楚，地面亮得赛水银镜子。可这伙人没一个抬头望月，都满处寻小脚看。只见连着东西南北房长长一条回廊中，挂一串角子灯。每盏灯下一个房门，全闭着。潘妈背过身子，哑嗓门叫一声："开赛了！"又是哗啦哗啦，各个厢房门一下全都打开，门首挂着各色绣花门帘，门帘上贴着大红方块纸，墨笔写着：壹号、贰号、叁号、肆号、伍号、陆号。总共六个门儿。大伙儿几乎同时瞧见，每个门帘下边都留了一截子一尺长短的空儿，伸出来一双双小脚，这些脚各有各的捯饬，红紫黄蓝、描金镶银、挖花绣叶、挂珠顶翠，都赛稀世奇宝，即使天仙下凡，看这场面，照样犯傻。刚刚站在廊子上的潘妈忽然不见，好赛土行孙打地下钻走。

人之中，只有吕显卿看出潘妈人老身子重，行路却赛水上漂，脚上能耐世上绝少。他把这看法放在心里没说。

佟忍安对吕显卿说：

"居士，我家几次赛脚，都是亡妻生前主办。这法儿是她琢磨出的。为的是，请来评脚的客人有生有熟，熟人碍情面，不好持平而论。生人更难开口说这高那低，再有我的儿媳妇都怕羞，只好拿门帘挡脸，可别见怪。"

"这好这好！鄙乡大同是民间赛脚，看客全是远处各地特意赶去的，谁也不认得谁。您这儿全是内眷，这样做再好不过。否则我们真难评头论足了。"

佟忍安点点头，又对大伙儿说：

"前日，乔六爷出个主意说，每个门帘上都写个号码，各位看过脚，品出高低，记住号码，回到厅里。厅里放张纸，写好各位姓名，后边再写上甲乙丙。各位就按心里高低，在甲乙丙后边填上号码。以得甲字最多为首。依次排出三名来。各位听得明白？这样赛成不成？"

"再明白不过！再妙不过！又简单又新鲜又好玩，乔六爷真是才子。出主意也带着才气！来吧，快！"吕显卿已经上劲，精神百倍，急得直叫。

众人也都叫好，闹着快开始。这一行人就给佟忍安带领绕廊子由东向西，在一个个门前停住观摩品味琢磨议论，少不得大惊小怪喧哗惊叫一通。

戈香莲坐在门口。只见一些高矮胖瘦人影，给灯照在门帘上。她有认得也有不认得，乱七八糟分不出哪是哪位，却见他们围在她脚前呼好叫绝议论开：

"这双脚，如有'七十字法'，字字也够得上。我猜这就是佟家大儿媳妇，对不？"

"居士，您刚才说，'七字法'中有个'香'字，现在又说'七十字法'，肯定也跑不掉'香'字，我问您这'香'字打哪儿得来的？"

"乔六爷，咱文人好莲，不能伤雅，大户人家，哪儿有不香道理。唯香一字，只能神会。"

"佟大爷，方才说赛脚会上许看不许摸，闻一闻总可以吧！呵？哈哈哈哈！"

香莲见门帘一个人影矮下来。心一紧，才要抽进脚来，又见旁边一个矬胖影子伸手拉住这人，嘻嘻哈哈说：

"乔六爷，提到'香'字，我们苏州太守也是莲癖，他背得一首山歌给我，我背给您听，'佳人房中缠金莲，才郎移步喜连连。娘子呵，你的金莲怎的小，宛如冬天断笋尖，又好像五月端阳三角粽，又是香来又是甜。又好比六月之中香佛手，还带玲珑还带尖。佳人听罢红了脸，贪花爱色怎个贱，今夜与你两头睡，小金莲就在你嘴边，问你怎么香来怎么甜，还要请你尝尝断笋尖！'"

这人苏州音，念起来似唱非唱。完事，有人笑有人拍手，有人说不雅，有人拿它跟乔六桥开心。却给香莲解了围。

忽然一个声音好熟，叫道：

"各位再往下看，好的还在后边呢！"

一群人应声散去，在西边一个个门前看脚谈脚，却没有刚刚在自己门前热闹。后来却在一处赛油锅泼水喧闹开了。有人说：

"简直闹不清，哪个是您大媳妇了！"

又是那好熟的声音：

"哪脚好，就哪个，这脚好，就这个！"

香莲忽觉得这是二少爷佟绍华的嗓门。模糊有点不妙，蛮有把握的手竟捏起汗来。耳听这伙人，说说笑笑回到前厅，打打闹闹去填号码。好一会儿，佟绍华在厅上唱起票来：

"乔六爷——甲一乙二丙六，吕老爷——甲一乙二丙四，华七爷——甲二乙一丙四，牛五爷——甲一乙二丙三，苏州白掌柜甲二乙一丙四，苏州邱掌柜甲一乙二丙五……把票归起来，一号得甲最多，为首；二号次之，第二；四号第三。"

戈香莲好欢喜，一时门帘都显亮了。又听佟绍华叫道："潘妈，拉下门帘，请各位少奶奶、姑娘，见见诸位客人！"跟着香莲眼前更一亮，几十盏灯照进眼睛。却见前厅辉煌灯火里满是客人，周围各房门口都坐一个花样的女人。

佟绍华赛刚给抽了三鞭子，十分精神。那张大油脸鼓眼珠，今儿分外冒光，双手举着一张写满人名号码的洒金朱砂纸，站在前厅外高声儿叫：

"一号，白金宝，我媳妇！你来谢谢诸位老爷！二号，戈香莲，我嫂子；四号，董秋蓉，是我弟妹。余下三个都是我家丫鬟，桃儿、杏儿、珠儿。各位也请出来吧！"

戈香莲傻了！她是大少奶奶，该一号，怎么二号？是弄错还是佟绍华成心捣鬼？回头一瞧，门帘上贴的居然就是二号。可是凭自己的脚，写上嘛号码也该选第一呀！她不信会败给白金宝，但拿眼一瞧就奇了，白金宝好赛换一双小脚，玲珑娇小，隐隐一双淡绿小鞋，分明两片苹果叶子，鞋头顶着珠子，唰唰闪光，又赛叶子上颤悠悠的露水珠儿。这会儿她正打屋里出来，迈步也完全不同往常，绣花罗裙，就赛打地面上飘过，脚尖在裙子下边，忽然露出忽然不见，逗人眼馋。香莲起身走出屋时，本打算拿鞋上的那对蝴蝶压压白金宝，一提裙腰，蝴蝶出来了，可两只脚咋咋呼呼支支棱棱，有露没藏赛叉鱼的叉子，劈着两个大尖。那白金宝走到众人前，道万福行礼，右脚没露，只把左脚成心往外一闪。这一闪叫人看个满眼，再多看一眼又不成。香莲也给这一下闪呆了。原本白金宝的脚比自己大，怎么显得比自己还小？一刀切去一块不成！鞋子更是出奇讲究，连鞋底墙子、底牙、裤腿套上全是精致到家的绣花。香莲打小也没见过这么贵重花哨的鞋子。自己这印花蝴蝶不过奶奶打香粉店花二十个铜子儿买的，一比，太穷气了。

这种场面上，一透穷气，就泄了气！她打脚底到腰又子全发凉。恨不得拨头跑回屋，关门躲起来。潘妈招呼珠儿、杏儿、桃儿端三个青花瓷礅子，放在当院，请三位少奶奶坐下。香莲想拿裙子把小脚罩住，偏偏刚才为了露蝴蝶，裙腰往上提，腰带扎得又紧，拉不下来，小脚好赛净心晾在外边给她出丑。她不敢瞅自己脚，也不敢瞅白金宝的脚，更不敢瞅白金宝的脸。白金宝脸不定多光彩呢！

佟忍安对吕显卿说：

"居士，打这评选结果上看，你果然不凡。您看其他各位有的一错两对，有的两错一对，有的名次顺序填倒，唯有您号码也对，顺序也对。不知您品评金莲按嘛规格？"

吕显卿听了好得意，才要开口，乔六桥抢过话打趣道：

"还是那七字法呗！"

吕显卿刚刚比学问栽了，这次不能再栽，嘴皮子也鼓起劲说：

"七字法是通用之法。品莲要分等级的。"

"怎么分法，请指教。"佟忍安一追问，两人又较量上了。

"这要先说六个字。"

"不是七字又六字了？愈说愈糊涂了！"乔六桥嘻嘻哈哈说，一边跟旁人挤眉弄眼，想拿这山西佬找乐子。

吕显卿是老江湖，当然明白。他决意给这些家伙点真格的瞧瞧，正色说：

"听明白就不糊涂。小脚美丑，在于形态。所谓形态，形和态呗！先说形，后说态。形要六字具备，即短、窄、薄、平、直、锐。短指前后长度，宜短不宜长。窄指左右宽度，宜窄不宜宽。还须前后相称，一般小脚，往往前瘦后肥，像猪蹄子，不美。薄指上下厚度，宜薄不宜厚。直指足跟而言，宜正不宜歪，这要打后边看。平指足背而言，宜平不宜突，如能向下微凹更好。锐指脚尖而言，宜锐不宜秃，单是锐还不成，要稍稍向上翘，便有媚劲儿。向上撅得赛蝎子尾巴，或向下耷拉得赛老鼠尾巴，都不足取。这是说小脚的形。"

这几句就叫香莲听得云山雾罩，从不知小脚上还这么多道理讲究。

拿这些道理一卡，自己的脚哪儿还算脚，只赛坠在脚脖下两块小芋头。前厅里诸位把吕显卿这套听过，不觉拿眼全瞄向佟忍安。盼望这位天津卫能人，再掏出点真玩意儿，把这外边来的能耐梗子压住。佟忍安单手端小茶壶，歪脖眯眼慢条斯理吮着，不知有根还是没词，不搭腔，只是又追了一句：

"这说了形，还有态呢？"

吕显卿瞥他一眼，心想不管你有根没根，先痛快压你一阵再说。

"态字上要分三等。上等金莲，中等金莲，下等金莲。"

香莲心里一惊，想到自己得第二名，生怕这老头把自己归入中等。

"先说上等！"苏州那商人听得来劲，急着说。

"好，我说。上等金莲中间又分三种。两脚缠得细长，好比笋尖，我们大同叫'黄瓜条子'，雅号叫钗头金莲。两脚缠得底窄背平，好比弯弓，雅号叫单叶金莲。两脚缠得头尖且巧，好比菱角，雅号叫红菱金莲。这三种小脚中间垫高底，又叫穿心金莲，后边蹬高底，又叫碧台金莲。都是上等。"

"居士敢情有后劲，快说说中等嘛样！"乔六桥说。

"脚长四五寸，还端正，走起来不觉笨，鞋帮没有棱角鼓起来，叫锦边金莲。脚丰而不肥，好赛鹅头，招人喜爱，叫鹅头金莲。两脚端正，只是走路内八字，叫并头金莲；外八字的叫并蒂金莲。这都是中等。"

"这名字真比全聚德炒菜的名儿还好听！"乔六桥笑道。

"六爷你是眼馋还是嘴馋？"

"别打岔！居士，你别叫他们一闹把话截了，接着说下等的金莲。"

吕显卿说：

"今儿佟家府上没下等金莲。三位少奶奶都是上等的。要在我们大同赛脚会上，我敢说也能夺魁！"

他这几句话，不知真话假话客气话应酬话，却说得三位少奶奶起身向他道谢。一站一坐当儿，白金宝无意打裙缝露出小脚，叫戈香莲逮住着意一看，吓一跳，竟然真比平时小了至少一寸？是自己看错还是人家用了嘛魔道法术？

吕显卿对佟忍安说：

"我虽嗜好金莲，比您，至少还差着三磴台阶。方才班门弄斧，可别笑话我无知，多多指点才对呢！"

佟忍安眼瞅一处，不知想嘛，一听吕显卿这话好比跑到自己大门口叫阵，略一沉便说：

"秦祖永《桐阴论画》，把画分作四品。最高为神品，逸品次之，妙品又次之，最末才是能品。能品最易得，也最易品。神品最难得，也最难品。拿我们古玩行说，辨画的真伪，看纸，看墨，看裱，看款，看图章，看轴头，都容易，只要用心记住，走不了眼。可有时候高手造假画，用纸、用墨、用绫、用锦，都用当时的，甚至图章也用真的，怎么办？再有，假宋画不准都是后来人造的，宋朝当时就有人造假！看纸色墨色论年份都不错，就没办法了？其实，盯准更紧要的一层，照样分辨出来，就是看'神'！真画有神，假画无神。这神打哪儿来的呢？比方，山林有山林气，画在纸上就没了。可画画的高手，受山林气所感，淋淋水墨中生出山林一股精神。这是心中之气，胸中之气，是神气。造假绝造不出来。小脚人人有，人人下功夫，可都只求形求态。神品……人世间……不能说没有……它，它……它……"

佟忍安说到这儿忽然卡住，眼珠子变得浑浑噩噩朦朦胧胧虚虚幻幻离离叽叽，发直。香莲远远看，担心他中了风。

吕显卿笑道："未免神乎其神了吧！"他真以为佟忍安肚子里没货，玩玄的。

"这神字，无可解，只靠悟。一辈子我只见过一双神品，今生今世再……唉！何必提它！"佟忍安真赛入了魔。弄得众人不明不白不知该说嘛好。

忽然，门外闯进一个胖大男人。原来大少爷佟绍荣，进门听说今儿赛脚，白金宝夺魁，他老婆败了阵。吼一声："我宰了臭娘儿们！"把手里鸟笼子扯了，刚买的几只红脖儿走了运，都飞了。他操起门杠，上来抡起来就打香莲，众人上去拉，傻人劲大，乔六桥、牛凤章等都是文人，没帮上忙，都挨几下，牛凤章门牙也打活了。一杠子抡在香莲坐的瓷磴子上，粉粉碎。佟忍安拍桌子大叫："拿下这畜生！"男用人跑来，大伙儿合力，把大少爷按住，好歹拉进屋，里边还一通摔桌子砸板凳，喊着：

"我不要这臭脚丫子呀！"

客人们不敢吱声，安慰佟忍安几句，一个个悄悄溜了。

当晚，傻爷们闹一夜，把香莲鞋子脚布扒下来，隔窗户扔到院里。三更时还把香莲叽哇喊叫死揍一顿轰出屋来。

香莲披头散发，光着脚站在当院哭。

第六回　仙人后边是神人

戈香莲赛脚一败，一跟斗栽到底儿。

无论嘛事，往往落到底儿才明白。悬在上边发昏，吊在半截也迷糊。在佟家，脚不行，满完。这家就赛棋盘，小脚是一个个棋子儿，一步错，全盘立时变了样儿。

白金宝气粗了。香莲刚过门子时，待她那股子客客气气劲全没了。好赛憋了八十年的气，一下子都撒出来。时不时，指鸡骂狗，把连钩带刺的话扔过来，香莲哪儿敢拾。原先不知白金宝为嘛跟她客气，现在也不知白金宝干嘛跟她犯这么大性。白金宝见这边不拾茬，性子愈顺愈狂。不知打哪儿弄一双八寸大鞋，俗名叫大莲船，摆在香莲门口，糟蹋香莲。香莲看得气得掉泪却不敢动。别人也不敢动。

守寡的四媳妇董秋蓉在家的地位有点变化。过去白金宝总跟她斗气，板死脸给她看。赛脚会后换了笑脸，再逢亲朋好友来串门，就把秋蓉拉出来陪客人说话，甩开香莲理也不理，弄得秋蓉受宠若惊，原是怕白金宝，这会儿想变热乎些又转不过来，反而更怕见白金宝了。

佟绍华沾了光。只要在铺子里待腻了想回家，打着二少奶奶旗号，说二少奶奶找他，挺着肚子就回来了，佟忍安也没辙。可后来，二少奶奶自己出来轰他，一回来就赶回去。本来佟绍华骑白金宝脖子上拉屎当玩儿，这阵子白金宝拿佟绍华当小狗儿。谁也不知二少奶奶怎么一下子对二少爷这么凶。戈香莲明白。她早早晚晚三番五次瞧见佟忍安往白金宝屋里溜。但她现在躲事都难还去招惹是非？再说家里人都围着白金宝转，知道也掖肚子里，谁说？丫头们中只桃儿待香莲好，她原是派给香莲用的，可当下只要她一脚迈进香莲屋，白金宝就叫喊桃儿去做事，两只脚很难都进来。一日中晌，趁着白金宝睡午觉当儿，桃儿溜进香莲屋来悄悄说，自打白金宝不叫二少爷着家，二少爷索性到外边胡来，过去逛一回估衣街的窑子，到家话都少说，怕走了嘴。现在嘛也不怕，整天花街柳巷乱窜。憋得难受时竟到落马湖去尝腥，那儿的窑姐都是野黑粗壮的土娘儿们，论钟头要钱，洋表转半圈，四十个铜子儿。到时候老鸨子就摇铃铛，没完事掏钱往外一扔。桃儿说，这一来柜上的钱就由二少爷尽情去使。乔六桥一伙撺上了他，整天缠他请吃请喝请看请玩儿再请吃请喝请看请玩儿。

"老爷可知道？"

"老爷的心思向来没全撂铺子里，你哪儿知道！"

香莲也知道，但不知自己知道一多半还是一少半。

这家里，看上去不变的唯有潘妈。她住在后院东北角紧挨佟忍安内室的一间耳房。平时总待房里，偶尔见她在太阳地晒鞋样子、晾布夹子，开门叫猫。她养这猫倒赛她自己，全黑、短毛、贼亮、奇凶，赛只瘦虎。白天在屋睡觉，整夜上房与外边流窜来的野猫厮打，鬼哭狼嚎吼叫，有时把屋顶的砖头瓦块"啪嗒"撞下来。桃儿说，全家人谁也离不开潘妈，所有鞋样子都归她出。赛脚那天白金宝的小脚就靠她捯饬的。她的鞋样敢说天下没第二个。

"十天半个月，她也往各屋瞧瞧，鞋不对，她拿去弄。可她就不往您屋里来。您没瞧见赛脚前她天天都往二少奶奶屋跑。就是她把您打赛脚会上弄下来的。不知她为嘛偏向二少奶奶，恨您！"

香莲没搭腔，心里却有数。香莲心细，看出潘妈打赛脚后不再去白金宝屋子了。

变得最凶，要数香莲的傻爷们。香莲真不懂傻人也把小脚看得这么重。原先是傻，这一下疯了。疯人更没准，犯起病就跟香莲瞎闹。有时拿拴床帐的带子，把香莲两脚捆一块儿，就要拿出去卖。买鸟儿，这是高兴时候。凶狠起来就拿针锥扎小脚，鲜血打裹脚布里往外冒。香莲已有了身孕，桃儿等几个丫头来哄大少爷说，大少奶奶肚里有他孩子，孩子有双天下没比的小脚，叫他必得好好待大少奶奶，等着好小脚生出来。这话管用，大少爷一听立时变样，天天捧着香莲小脚亲了又亲。一天打外边回来，居然给香莲买一包蜜枣，叫香莲心里一热直掉泪。可过几天，街上两个坏小子拦着大少爷说："听说你爹给你娶个大脚媳妇，还要再生个大脚闺女。"他眼就直了，进门操起菜刀踹门进屋，非要切开香莲肚子看小脚不可。扯脖子叫喊着：

"我爹诳了我，谁也不信，打开看！"

香莲这两天正是心如死灰时候。不知谁把赛脚会的事传给香莲的奶奶。奶奶听了，气闭过去。香莲得信赶到家，奶奶拿最后一口气对她说："奶奶也不知怎么会毁的你！"糊里糊涂，抱着悔恨作古了。香莲绝了后路，见傻爷们也不叫她活，心一横，把衣服两边一扯唰地撕开，露出鼓鼓白肚皮，瞪着眼对大少爷说：

"开吧！我活腻了，要嘛给你嘛！"

谁知当啷一声，菜刀扔在地上，傻爷们居然给香莲磕起头来。脑门撞得青砖地"嗵、嗵、嗵"直响，十来下就撞昏了，脑门鼻子都流血。再醒来，不打不闹，也不说话，只是傻笑，饭菜全不吃，到后来滴水不进，药汤没法灌，人就完了。挺大一个活人，完了，真容易。

应上"白马犯青牛，鸡猴不到头"这句话。香莲结婚没一年，守了寡。人强心不死，她只盼着生个小子。白金宝和董秋蓉两房头都是闺女，董秋蓉一个，白金宝两个，据说在南边的三少奶奶尔雅娟生的也是闺女。香莲要生个小子，给佟家留根，日子还能喘过口气。偏偏心强命不强，生的是丫头！想改也改不了，想添再也添不了！生下来不久还满身疹子。她心凉得赛冰块，天天头不拢脚不裹，孩子死就死，死完自己死。可自己身上掉下的这块肉，满是红点，痒得整天整夜哭，哭声叫她待不住，每天一趟去到娘娘宫，给斑疹娘娘烧香。娘娘像前还有三个泥塑长胡的男人，人称"挠司大人"，专给出疹子的孩子挠痒，还有一条泥做的黑狗，专给孩子舔痒痒痘。她一连去七天，别说娘娘不灵，孩子的疹子竟然退了。

一天潘妈忽进来，抓起孩子的小脚看了看，惊讶地说："又是天生一块稀罕料。"随后拿着吓人的鼓眼盯住香莲说，"老爷叫我给她起个名儿。就叫莲心吧！"

香莲听了，两眼立时发直，潘妈走出去时，看也不看。桃儿端饭进来了。自打大少爷死后，香莲落得同丫头们地位差不多，吃饭也不敢和老爷少爷少奶奶们同桌。桃儿问她：

"不是二少奶奶又骂闲街了？甭搭理她，她骂，您就把耳朵给她，也不掉块肉。"

香莲直呆呆不动。

桃儿又说：

"我看四少奶奶心眼倒不错。这汤面上的肉丝，还是她夹给您的呢！原先她那双脚，不比二少奶奶差。倒霉倒在一次挑鸡眼，生了脓，烂掉肉，长好了就嫌太瘦。那天赛脚，我劝她垫点棉花，她不肯。她怕二少奶奶看出来骂她。可我看——您可别往外说呀——二少奶奶脚尖就垫了棉花。本来她脚尖往下耷拉！不单我瞧出来，珠儿、杏儿全瞧出来了，谁也不敢说就是了！"

桃儿引香莲说话。本来这话十分勾人谈兴的。但香莲还是不吭声也不动劲，神色不对，好赛魂儿不在身上。桃儿以为她一时心思解不开，不便扰她，就去了。香莲在床边直坐到半夜，拿着闺女雪白喷香的小脚，口里不停念叨着潘妈的话：

"又是天生一块稀罕料……天生一块稀罕料……天生一块稀罕料……"

三更时，香莲起来插上门，打开一小包砒霜，放在碗中，拿水沏了，放在床头。上床放了脚，使裹脚条子把自己和闺女的脚捆在一块儿，这才掉着泪说：

"闺女！不是娘害你！娘就是给这双脚丫子毁成这样，不愿再叫你也毁了！不是娘走了非拉着你不可，是娘陪你一块儿走呀！记着，闺女！你到了阎王殿也别冤枉你娘呀！"

闺女正睡。眼泪掉在闺女脸上，好赛闺女哭的。

香莲猛回身，端起毒药碗就要先往闺女嘴里灌。

忽听"哗啦"一响，窗子大敞四开，黑乎乎窗前站着一个人。屋里灯光把一张老婆子的脸照得清清楚楚。满脸横七竖八皱纹，大眼死盯着自己，真吓人！

"鬼！"香莲一叫。毒药碗掉在地上。

恍惚间，以为是奶奶的鬼魂儿找来了，又以为是自己从没见过的早早死去的婆婆。耳朵却听这老婆子发出声音，哑嗓门，口气很严厉：

"要死还怕鬼！再瞅瞅，我是谁？"

香莲定住神，一看是潘妈。

"开开门，叫我进去！"潘妈说。

香莲见是她，心一定，不解脚条子，把头扭一边。

潘妈打窗子进去，站在炕前，冷笑道：

"活不会活，死倒会死！"

香莲心还横着，在死那边。根本不理她。

潘妈上去，拿起香莲的脚，摆来摆去又捏又按上下左右前前后后地瞧了又看看了又瞧，真赛端详一个精细物件。香莲动也不动，好似这脚不跟她身子连着。心都死了，脚还活着？潘妈手拿她的脚，眼瞅一边，深深叹一口长气说："他眼力真高！我要有这双脚，佟家还不是我的！"她沉一下忽扭头对香莲说，"您要肯，把您这双脚交给我，我保您在佟家横着走路！"这两句话说得好坐实，一个字儿在板上钉一个钉子。

她等着香莲回答，停一刻，没听香莲吭声，便冷冷说："戴金镯子穷死，活该去当窝囊鬼吧！"转身就走，小脚还没迈出门槛，香莲的声音就撞在她后背上：

"你说的算，我就依你！"

潘妈回过身。香莲打进佟家，头次见潘妈笑脸。脸板惯了，一笑更吓人。可跟着笑容就消失，不笑反比笑更舒服。潘妈问：

"这脚谁给您缠的？"

"我奶奶。"

"算她对得起您！您听好了——您这双脚，要论天生，肉嫩骨软，天下没第二双；要论缠裹，尖窄平直，也没挑儿。您奶奶算能人，没给您缠坏，就算成全了您。可是怨就怨您自己没能耐收拾它。好比一块好肉，只会水煮放盐，不会煎炒烹炸，白叫您给淹浸了！再好比一块玉，没做工，还不跟石头一样！单说赛脚那天，那双蝴蝶鞋还算鞋？破点心盒子！酱菜篓子！要嘛没嘛，嘛好脚套上它还有样？再说您为嘛不穿弓底？人家二少奶奶四寸脚，穿上弓底，脚一弯，四寸看上去赛三寸。您这脚本来三寸，反叫这破鞋连累得显得比二少奶奶脚还大，这不屈了！不等着败等嘛？"

香莲眼珠子闪一道蓝光：

"告我，还有救吗？"

"要没有，跟您说它干嘛！"

香莲解开脚上带子，下炕"扑通"趴下来给潘妈磕三个头：

"潘妈，求您给我指个明道儿，叫我翻过身来吧！"

她眼里直冒火。

潘妈冷言道：

"您起来，您是主家，不兴给用人跪着。再说，我又不是为您。您为您自己，我也为我自己。可都得用您这双脚。谁也别谢谁了！"

香莲听懂一半，另一半不懂。

潘妈不管她懂不懂，"叭"地打开桌上一个漆盒子。不知这盒子嘛时候摞在桌上的。黑漆面，朱漆里，铜蝙蝠包角，盒里一块绣花黄绸子。掀开花绸，拿出一双花团锦簇般的小鞋，绣工可谓盖世无双，花边一层套一层，细得快看不出来，拿眼一盯，藤萝鱼鸟博古走兽行云海浪万字回纹，都是有姿有态精整不乱。拿出来就喷香浓香异香，赛两朵花儿。放在手中，刚和手掌一般大小。又软又轻又俏又柔，弯弯的，好比一对如意紫金钩。再看底儿竟是紫檀木旋的。

"您穿上试试。"

"这鞋怕不到三寸吧，我哪儿能穿？"

"不能我叫您穿？"

香莲提着鞋跟，把脚尖伸进去一蹬，只觉光溜溜鞋底蹭着脚掌一滑，味溜穿上，不大不小，正正好好。咦，看上去比脚小的鞋，怎么正好？她瞅着潘妈发怔。潘妈说：

"我说了，三寸脚一弯，就比三寸小。这是古式鞋底，样好，弯得赛桥，正经八百叫弓底，不比现时市面上的柳木底子，随便有个弯儿就得。照规矩，三寸鞋，木底长二寸六，弯七分。您再量您那双，顶多弯三分，哪儿成？好了，您把这双裤腿套儿套在外边，看看嘛样儿吧！"

潘妈打盒里又拿双裤腿套，香莲接过一看，恐怕这样好的绣活别处甭想见到。潘妈说：

"都是桃儿绣的，往后你就找她。"

香莲惊得说不出话来。低头套上这裤腿套，鞋是绿的，套是粉红的，绣线全是淡色，浅紫浅蓝浅黄浅棕浅灰浅酱，加上白和银，又素又艳，愈显得脚儿玲珑娇小可爱。想不到这小脚就连在自己腿下边。她瞅瞅潘妈，心想潘妈也要夸赞几句。潘妈却说：

"您站起来走几步看。记着，小脚有四忌，坐着忌讳晃裙子，躺着忌讳抖脚尖，站着忌讳踮脚跟，走路忌讳跷脚趾。"

香莲想起身试试，身子一立，只觉自己好赛给挂在杆子上，摇摇晃晃，脚发空又发紧。赶紧收拢脚尖，人就往前栽，差点来个马趴；

脚跟一使劲，人又往后仰，险些来个老头钻被窝。潘妈按她坐下，叫她脱下鞋子，自己坐对面，把香莲的裹脚条子揪下来一扔，边说："大少奶奶，再受次罪吧，我给您重缠。您穿惯小弯底儿，脚弓不够，全靠缠了！"说着手里已拿了一卷又窄又齐整的青布条子，不管香莲乐不乐意，这脚丫子好比她的东西。大拇指一挑，"嗒"地脚布头就按在脚上，这下真比逮小飞虫还快。她说："您看好了，下次就照这样裹！"

香莲用心看，也用心记。只见潘妈——先把脚布直头按在脚内侧靠里踝骨略前，打脚内直扯拇指尖兜住斜过来绕到脚背搂紧，再打脚背外斜着往下绕裹严压向脚心，四个脚趾拉住抻紧再转到脚外边翻上脚背，搭过脚外边挂脚跟前扯钩脚尖回到脚内侧又直扯拇指斜绕脚背，下绕四脚趾打脚心脚外边上脚背外挂脚跟钩住脚尖二次回到脚内侧，跟手还是脚内脚尖脚背脚心脚外脚背脚跟脚尖三次回到原处再来。香莲看出，和奶奶裹法差得并不大，不过手底下更利索，脚布绕来绕去绝不折边，一道道紧紧包着密不透气，使力均匀，没有半点松劲地方。可缠到第八道，手法忽变，又加进一条宽裹脚条子，嘴里说一句：

"这叫拦裹布。用的是'拦脚背法'，专治你脚弓不够弯的毛病！"

随这话，脚布上手一钩脚尖，返过足背，竟打外边向下绕，反着拉脚跟，转上去刚好缠脚巴骨，跟着就打内边绕过脚背，来回几圈，算把裹脚布扣住。跟手转过脚跟上脚脖，把脚背前半截拦上，不松劲地打脚跟后直拉大拇指头，连着脚巴骨一包上足背，这算拦一扣，再裹再拦，再拦再裹，直到把一卷一丈多的裹脚条子全用完。香莲便觉脚背发胀，脚心发空，脚跟和脚心好比叫人两手攥着往下使劲掰，就赛脚抽筋一样。看是好看，有模有样，上弓前翘，俏丽俊巴，可穿上潘妈拿给她另一双扳脚用的青布鞋，难受多了，迈步赛踩高跷。

"能受？"潘妈问。鼓眼珠子瞧着她。分明考问她。

香莲毫不含糊：

"打算活，都能受。还怎么着，你就说吧！"

潘妈冷冷盯她一眼，点点头。打盒里又拿出一把小尺，尺三寸，象牙做的，用得久，发旧发黄发亮，上边的星子都是嵌银的。她把尺子给她时说："这是专量脚使的。二少奶奶使不了，她脚比这尺大。"潘妈嘿嘿一笑。这笑，赛股寒气，往人骨头里钻。"你天天晚上拿热水洗脚，洗完照我刚才那样缠上。记住！一双好脚睡觉时候也不能松开。只要缠好就拿它量。我这儿还有张表，脚上每个关节上边都有尺寸，不能错过半分半毫，哪儿涨出来就勒哪儿。给你——"又递给香莲一张破旧的元书纸，木版印的表格，满是字是尺寸。

香莲拿过一看，这才算打小脚的门缝往里边瞅一眼。一眼就看花了——

足部尺度一览表（营造尺）

各　部	径	赤足尺度	紧缠尺度	注
足尖至后跟	直	三寸，二分	二寸，九分	即足之大小
大　　趾	直	八分	八分	
大　　趾	中部横	五分	三分五	
二　　趾	直	六分	六分	
二　　趾	中部横	三分	二分七	
中　　趾	直	七分	七分	
中　　趾	中部横	四分	三分七	
四　　趾	直	六分	六分	

各　部	径	赤足尺度	紧缠尺度	注
四　趾	中部横	四分	三分六	
小　趾	直	四分	四分	
小　趾	中部横	二分		缠后小趾会被挤没，不占宽度
足心足跟间缝口	中部垂直深	一寸	一寸一分	
里缝口	垂直	一寸三分	一寸四分	
外前缝口	垂直	七分	八分	趾跟肉折成之深缝
外后缝口	垂直	一寸	一寸一分	足跟前大深横缝
缝　底	横	一寸	九分	
下缝口	横	一寸二分	一寸	
下缝口	原宽 分开宽	二分 四分		开时如刀削 缠时合一线
缝至足尖	直	二寸一分	一寸八分	
足跟下	横	一寸	九分	
足跟下	直	一寸一分	一寸一分	
后　跟	高	一寸五分	一寸七分	缠后自然高起
足跟下至膝盖	直	一尺三寸	一尺三寸二分	
起足尖至胫腕	斜高	四寸	四寸	
足　尖	圆	一寸三分	一寸一分	大趾中部
胫　腕	圆	三寸八分	三寸八分	
足　腰	圆	二寸五分	二寸	
足面至后跟	直	二寸三分	二寸	
足面至足心	厚	一寸三分	八分	三四趾处
足心下至平地	空	三分	五分	
足面上至膝盖	直	一尺一寸四分		
赤足站立时	直	三寸四分		

自打这夜，天天三更，潘妈准时推门进来，帮她调理小脚，教给她种种规矩、法度、约束、讲究、忌讳、能耐和诀窍，怎么洗脚怎么治脚怎么修脚怎么爱脚怎么调药和怎么挑鸡眼。渐渐还教会她自制弓鞋，做各种各样各门各类鞋壳子，削竹篾、钉曳拔、缘鞋口、缝裤腿套，这一切，不论制法、配色、选料、尺度，都有苛刻的规法。错了不成，否则叫行家笑话。不懂就糊涂着，懂了就非照它办不可。规矩又是一层套一层，细一层，紧一层，严一层。愈钻反而愈来劲愈有趣愈有学问。在它下边受制，在它上边制它。她真不知潘妈肚子里还有多少东西，也许一辈子也学不尽，可香莲是个会用心的女子，非但用心还尽心。一样样牢牢学到手。

虽然她的脚天生质嫩，骨头没硬死，但毕竟成人，小脚成形，要赛泥人张手中胶泥可不成。强弓起来的脚，沾地就疼，赛要断开，真好比重受当年初裹的罪。她不怕！有罪挨着，疼就强忍，硬裹硬来硬踩硬走，硬拿自己干。白金宝眼尖，看出来，就骂她："臭蹄子，裹烂了，还不是只死耗子！"她只装没听见。这话赛刀子，她死往肚里咽。只想一天，拿出一双盖世绝伦的小脚，把这佟家全踩在脚底下。就不知她命里，叫不叫她吐出这口恶气。她叫自己的命差点制死呵！

这日，她抱着莲心在廊子上晒太阳，佟忍安站在门口揪鼻子毛，一使劲，一扭脸，远远一眼就盯上香莲的脚。佟忍安何等眼力，立时看出她的脚大变模样，神气全出来了。佟忍安走过来只说一句："后晌，你来我屋一趟。"转身便走了。

她打进了佟家门，头次进公公屋，也很少见别人进去过。这屋子一明两暗，满屋书画古董，一股子潮味儿、书味儿、樟木味儿、陈茶味儿、霉味儿，浓得噎人。她进来就想出去换口气。忽见佟忍安的眼正落在她脚上。这目光赛只手，一把紧紧抓住她脚，动不得。佟忍安忽问：

"谁帮你捯饬这脚？"

"我自己。"

"不对，是潘妈。"佟忍安说。

"没有。我自己。"香莲不知佟忍安的意思，怕牵扯潘妈，咬住这句话说。

"你要有这能耐，上次赛脚也败不下来……"佟忍安眼瞧别处，不知琢磨嘛，自个儿对自个儿说，"唉！这老婆子！再收拾好这双脚，更没你的份啦……"他起身走进东边内室，招手叫香莲跟进去。

香莲心怕起来。不知公公是不是要玩她脚。反过来又想，反正这双脚，谁玩儿不是玩儿，祸福难猜，祸福一样，进去再说。

屋里更是堆满书柜古玩，打地上到屋顶。纸窗帘也不卷，好暗。香莲的心嘣嘣跳，只见佟忍安手指着柜子叫她看。柜子上端端正正放一个宋瓷白釉小碟儿，碟上反扣着一个小白碗儿。佟忍安叫香莲翻开碗看。香莲不知公公耍嘛戏法，心里揪得紧紧，上手一翻拿开碗！咦呀！小白碟上放着一对小小红缎鞋，通素无花，深暗又鲜，陈旧的紫檀木头底子，弯得赛小红浪头，又分明静静停在白碟上。鞋头吐出一个古铜小钩，向上卷半个小圆，说不出地清秀古雅精整沉静大方庄重超逸幽娴。活活的，又赛件古董。无论嘛花哨的鞋都会给这股沉静古雅之气压下去。

"哪朝哪代的古董？"香莲问。

"哪儿来的古董，是你婆婆活着时候穿的。"

"这样好看的小鞋，怕天下没第二双！"香莲惊讶瞪圆一双秀眼说。

"我原也以为这样，谁知天不绝此物，又生出你这双脚来，会比你婆婆还强！"佟忍安脸上唰唰冒光。

"我的？"香莲低头看自己的小脚，疑惑地说。

"现在还不成。你这脚光有模样！"

"还少嘛？"

"没神不成。"

"学得来吗？"

"只怕你不肯。"

"公公，成全我！"香莲"扑通"跪下来。

谁料佟忍安"扑通"竟朝她跪下来，声儿打战地说："倒是你成全我！"他比她还兴奋。

她不知佟忍安怎么和潘妈一样，到底为嘛都指望她这双脚。只当公公想玩儿。香莲有自己一盘算盘珠儿，通身一热，站起来把脚伸给他。佟忍安抱着香莲小脚说："我不急，先成就你这双脚再说。"他问她，"你认得几个字儿？"

"蹦蹦跳跳，念得了《红楼梦》。"

"那好！"佟忍安立时起来拿几套书给她，"反反复复看了，等你心领神会，我再给你开个赛脚会，保你拿第一！"

香莲这会儿才觉得，一脚把佟家大门踢开。她把书抱回屋，急急渴渴打开，是三种。一是《缠足图说》，带画的；一是李渔写的《香艳丛谈》，也带画带小人；还有薄薄一小本，是《方氏五种》，全是字。

打粗往细看上几遍才懂得，小脚里头比这世界还大。潘妈那些玩意儿，还是皮毛，这才摸到神骨。打比方，奶奶给她是囫囵一个大肉桃，潘妈给她剥出核儿来，佟忍安敲开核儿，原来里边还藏着核仁。核仁还有一百零八种吃法。这叫作：

能人背后有仙人。

仙人背后有神人。

第七回　天津卫四绝

今儿，爷几个凑一堆儿，要论论天津卫的怪事奇人，找出四件顶绝的，凑成"津门四绝"。这几位事先说定，四件里头，件件都得有事，还得有人，还非得大伙儿全点头才能算数。更要紧的是这事这人拿出去必能一震。叫外地人听了张口瞪眼，苍蝇飞进嘴里也不觉得才行。这样说来论去，只凑出三件。

头件叫作恶人恶事。

这是说，城内白衣庵一带，有个卖铁器的，大号王五，人恶，打人当玩儿，周围的小混星子们都敬他，送他个外号叫小尊，连起来就叫小尊王五。前几年，天津卫的混星子们总闹事，京城就派一位厉害的人来当知县，压压混星子，这人姓李，都说是李中堂的侄子。上任前，有人对他说天津卫的混星子都是拿脑袋别在裤带上的，惹不得，趁早甭去。姓李的笑笑，摇摇头，并不在意。他后戳硬，怕谁？上任这天贴出告示，要全城混星子登记，凡打过架即使不是混星子也登记，该登记不登记的抓来就押。还嘱咐县里滕大班头多预备些绳子锁头。这滕大班头，人黑个大，满脸凶相，出名的恶人，混星子们向来跟他井水不犯河水，今儿他公务在身，话就该另说。小尊王五听到了，把一群小混星子召到他家，一抬下巴问道："天津卫除我，还谁恶？"小混星子当下都惦李知县和滕大班头，就说出这二人。小尊王五听罢没言语，打眉心到额顶一条青筋鼓起来，腾腾直跳，转天一早操起把菜刀来到滕大班头家，举拳头"哐哐"砸门。滕大班头正吃早饭，嚼着半根果子出来，开门见是小尊王五，认得，便问："你干嘛？"小尊王五扬起菜刀，刀刃却朝自己，"咔嚓"一下把自己脑袋砍一道大口子，鲜血冒出来。小尊王五说："你拿刀砍了我，咱俩去见官。"滕大班头一怔，跟着就明白，这是找他"比恶"来的。照天津卫规矩，假若这时候滕大班头说："谁砍你了？"那就是怕，认栽，那哪儿行！滕大班头脸上肉一横说："对，我高兴砍你小子，见官就见官！"小尊王五瞅他一眼，心想这班头够恶！两人进了县衙门，李知县升堂问案，小尊王五跪下来就说："小人姓王名五，城里卖香干的，您这班头吃我一年香干不给钱，今早找他要，他二话没说，打屋里拿出菜刀给我一下。您瞧，凶器在这儿，我抢过来的，伤在这儿，正滴答血呢！青天大老爷得为我们小百姓做主！"李知县心想，县里正抓打架闹事的，你堂堂县衙门的班头倒去惹事。他转脸问滕大班头"这事当真？"假若滕大班头说："我没砍他，是他自己砍的自己。"那也是怕吃官司，一样算栽。滕大班头当然懂得混星子们这套，又是脸上肉一横说："这小子的话没错，我白吃他一年香干不给钱，今早居然敢找上门要账，我就给他一刀，这刀是我家剁鸡切疙瘩头的！"小尊王五又瞅他一眼，心想：

"别说，还真有点恶劲！"李知县又惊又怒，对滕大班头说："你怎么知法犯法？"一拍惊堂木叫道："来人！掌手！五十！"衙役们把架子抬上来，拉着滕大班头的手，将大拇指插进架子一个窟窿眼儿里，一掰，手掌挺起来，拿枣木板子就打，"啪啪啪啪"十下过去，手心肿起两寸厚，"啪啪啪啪啪啪"又十五下，总共二十五下才一半，滕大班头就挺不住，硬邦邦肩膀子好赛抽去筋，耷拉下来。小尊王五在旁边见了，嘴角一挑，"嘿"的一笑，抬手说："青天大老爷！先别打了！刚才我说那些不是真的，是我跟咱滕大班头闹着玩儿呢！我不是卖香干是卖铁器的。他没吃我香干更没欠我债，这一刀不是他砍是我自个儿砍的，菜刀也不是他家是我铺子里的。您看刀上还刻着'王记'两字呢！"李知县怔了，叫衙役验过刀，果然有"王记"两字，便问滕大班头怎么档事，滕大班头要是说不对，还得再挨二十五下，要是点头说对，就算服栽。可滕大班头手也是肉长的，打飞了花，多一下也没法受，只好连脑袋也耷拉下来，等于承认王五的话不假。这下李知县倒难了！王五自己砍自己，给谁定罪？如果这样作罢，县里上上下下不是都叫这小子耍了？可是，如果说这小子戏弄官府给他治罪，不就等于说自己蠢蛋一个受捉弄？正是骑虎难下，气急冒火的当儿，没料到小尊王五挺痛快，说道："青天大老爷！王五不知深浅，只顾取乐，胡闹乱闹竟闹到衙门里，您不该就这么便宜王五，也得掌五十。这样吧，您把刚刚滕大班头剩下那二十五下加在我这儿，一块算，七十五下！"李知县火正没处撒，也没处下台阶，听了立时叫道："他这叫自作自受。来人！掌手！七十五！"小尊王五不等衙役来拉他，自个儿过去把右手大拇指插进架子，肩膀一抬手心一翘，这就开打。"啪啪啪啪"一连二十五下，手掌眼瞅着一下下高起来，五十下就血肉横飞了。小尊王五看着自己手掌，没事，还乐，就赛看一碟"爆三样"，完事谢过知县，拨头就走。没过三天，李知县回京卸任，跟皇上说另请能人，滕大班头也辞职回乡。这人这事，恶不恶?

众人点头，都说这事叫外地人听了，后脖子也得发凉，够上一绝。

第二件叫作阔人阔事。

天津卫，阔人多，最阔要数"八大家"。就是天成号养船的韩家、益德裕店高家、长源店杨家、振德店黄家、益照临店张家、正兴德店穆家、土城刘家、杨柳青石家。阔人得有阔事，常说哪家办红白事摆排场，哪家开粥厂随便人来敞开吃，一开三个月等，都不能算。必得有件事，叫人听罢，这辈子也忘不了才行。当年卖海盐发财的海张五，掏钱修炮台，算一段事，但细一分析，他花钱为的是买名，算不上摆阔，就还差着点儿。今儿，一位提出一段事，称得上空前绝后。说的是头年夏天，益德裕店的高家给老太太过八十大寿。儿子们孝顺，费尽心思摆个大场面，想哄老太太高兴。不料老太太忽说："我这辈子嘛都见过，可就没看过火场，连水机子嘛样也没瞧过，二十年前锅店街的油铺着火，把西半边天烧红了，亮得坐在屋里人都有影儿。城里人全跑去看，你们爹——他过世，我不该说他——就是不叫我去看。这辈子白来不白来?"说完老太太把脸夺拉挺长，怎么哄也不成。三天后，高老太太几个儿子商量好，花钱在西门外买下百十间房子，连带房里的家具衣物也买下，点火放着。又在半里地外搭个高棚子，把老太太拿轿抬去，坐在棚里看救火。大火一起，津门各水会敲起大锣，传锣告警。天津卫买卖人家多，房子挤着房子，最易起火，民间便集合"水会"，专司救火，大小百八十个，这锣一起，那锣就跟上，城里城外，河东河西，顷刻连成一片，气势逼人。紧跟着，各会会员穿各色号坎，打着号旗，抬着水柜和水机子，一条条龙似的，由西城门奔出来，进入火场。比起三月二十三开皇会威风多了。火场中央，专有人摇小旗指挥，你东我西你南我北你前我后你进我退，决不混乱，十分好看。水机子上有横杆，是压把儿，两头有人，赛小孩儿打压板，一上一下，柜里的水就从水枪喷出来，一道道青烟窜入烟团火海里，激得大火星子，噌噌往天上飞，比大年三十的万花筒不知气派几千几万倍。高老太太看直了眼。大火扑灭，各会轻敲"倒锣"，一队队人撤出去。高家人在西门口，拿二十辆大马车装满茶叶盒点心包，犒劳各会出力表演。这下高老太太心里舒坦了，连说今儿总算亲眼看过火场，天下事全看齐了。这事够不够阔？

众人说，阔人向例爱办穷事。这一手，不单叫穷人看傻了，也叫阔人看傻了，甚至叫办事的人自己也看傻了，这不绝嘛绝。当然算一绝！这可就凑上两绝啦！

第三件叫作奇人奇事。

这人就是眼睛不瞅人的华琳。此人名梦石，号后山人。家住北城里府署街。祖上有钱，父亲好闲，喜欢收罗天下怪石头。这华琳在天津卫画人中间，称得上一位大奇人。他好画山水，名头远在赵芷仙上边，每天闭门作画，从不待客，更不收弟子。他说："画从心，而不从师。"别人求画，立时回绝，说："神不来，画不成。"问他："神何时来？"答："不知，来无先兆，多在梦中。"又问："梦里如何画得？"答："梦即好画。"再问："嘛叫好画？"答："画山不见山，画水不见水。"接着问："如何才能见？"答："心照不宣。"再接着问："古人中谁的画称得上好？"答："唯李成也。李成后，天下无人。"可是，打古到今，谁也没见过李成真迹。古书上早有"无李论"一说。他只承认李成好，等于古今天下不承认一人。这是他的奇谈，还有件事，便是无论谁也没见过他的画。据说，他每画完，挂起来，最多看三天就扯掉烧了。有天邻居一个婆子打鸡，鸡上墙飞到他院中。这婆子去抱鸡，见他家门没锁，推门进去，抓着鸡，又见他窗子没关，屋内无人，桌上有画，顺手牵羊隔窗偷走他的画，拿到画铺去卖。他知道后，马上使四倍的钱打画铺把画买回，撕了烧掉。好事者去打听那婆子、那画铺，那画画得怎样，经手人糊里糊涂全都说不清道不明，只好作罢。但谁也弄不明白，既然没画，哪儿来这么大的名气？这算不算奇人奇事？绝不绝？众人都说绝，唯有牛凤章摇头，说他是骗子。其余人都不画画。隔行如隔山，隔行不认真，隔行气也和。乔六桥笑道："嘛都没见着，靠骗能骗出这么大名气，也算绝了。"牛凤章这才点头。于是又多一绝，加起来已经三绝了。

今儿是大年十四，乔六桥、牛凤章、陆达夫等几位都闲着没事，在归贾胡同的义升成饭庄摆一桌聚聚。陆达夫也是跟大伙儿常混在一堆儿的名士，也是莲癖也是一肚子杂学。阅历文章都比乔六桥老梆得多。他个儿小，苹果脸，大褂只有四尺半，人却精气头大，走起路两条胳膊甩得高高。乔六桥三盅酒进了肚子，就说单吃喝没劲，蹦出个主意，要大伙儿聊聊天津卫的奇人怪事，凑出"津门四绝"来。这主意不错，东扯西扯，话勾着酒，酒勾着话，嘻嘻哈哈就都喝得五体流畅红了脸。可第四绝难凑出来。牛凤章说：

"这第四绝，依我看，该给养古斋的佟大爷。咱不说他看古董的能耐，小脚的学问谁能比，顶了天。"

乔六桥笑着说："真是吃人嘴软，他买你假画，你替他说话……提到小脚，我看他家够上小脚窝，哪个都值捏一捏。"他的酒有点过量，说得脑袋肩膀脖子小辫一齐摇晃。

牛凤章说：

"这话您只说对一半。他家小脚双双能叫绝。可这些小脚哪儿来的，还不都是他看中的？拿看古董的眼珠子选小脚，还有挑？不是我巴结他——他又没在场，我怎么巴结他——他那双眼称得上神眼。头年，一幅宋画谁也没认出来，当假画破画买进铺子，可叫他站在十步开外一眼居然把款看出来，在树缝里，是藏款。"

"好家伙！他家有宋画！你也看见了？"乔六桥说。

"不不不！"牛凤章失了口，摇着双手说，"没瞧见，影儿没瞧见，都是听人说的，谁知确不确。你甭去问他，再说问他也不会告你。还是说说他家小脚来劲。"

"没想到牛五爷小脚的瘾比我还大。好，你跟他家近，我问你，佟大爷到底喜欢谁的小脚？"

"我不说，你也猜不着。"牛凤章笑眯眯说。看样子他不轻易说。

乔六桥叫道："好呀！你不说，把你灌醉就说了，陆四爷，来，灌他！"一手扯牛凤章耳朵，一手拿酒壶。其实灌酒该掰嘴，揪耳朵干嘛？没灌别人自个儿先醉了！这手扯得牛凤章直叫，那手的酒壶也歪了，酒打壶嘴流出来，滴滴答答溅满菜盘子。

陆达夫仰着脑袋大笑：

"说不说没嘛，灌一灌倒好！"

牛凤章呀呀叫着说：

"我耳朵不值钱可连着脑袋呢，扯下来拿嘛听，呀呀……我说我说，先撒手就说！"

乔六桥叫着笑着闹着扯着：

"你说完，我再撒手！"

"你可得说了算，我说——先前，他最喜欢他老婆的，听说是双仙足。那时我还不认识佟家，没见过那脚。他老婆死后……他……他……"

"怎么，又是吃人嘴软？快说，是大少奶奶还是二少奶奶的？"

"六爷真是狗拿耗子管闲事。人家两个媳妇守寡在家，另一个媳妇又不准她爷们回去，还不随他今天这个明天那个。嘻！"

"去！佟大爷是嘛修行，当你呢！弄不透小脚就弄不透佟大爷，弄不透佟大爷就弄不透小脚。牛五爷你再不说，我使劲扯啦！"

"别别，我说。他一直喜欢他……他那老妈子！"

"嘛！""嘛！""嘛嘛！"一片惊叫。

"潘妈？那肥婆子？不信，要说那几个小丫头我倒信。"

"骗你，我是你小辈。"

"呀，这可没料到。"乔六桥手一松，放了牛凤章耳朵，"那猪蹄子好在哪儿。别是佟大爷爱小脚爱得走火入魔了？"

"乔六爷，你可差着火候了。小脚好坏，更看脚上的玩意儿。你又没玩过，打哪儿知道？"陆达夫又说又笑好开心，单手唰唰把马褂一排蜈蚣扣全都解开。

乔六桥还是盯住牛凤章问：

"这话要是佟家二少爷告你的，就靠不住了。那次赛脚后，二少奶奶不叫他着家，他总在外边拿话糟蹋他爹。"

牛凤章说：

"告你吧，可不准往外传。砸了我饭碗我就跑你家吃去。这话确是佟二少爷告我的，可远在两年前。信了吧！"

乔六桥先一怔，随后说：

"我向例不信佟家的话。老的拿假当真的，小的满嘴全是假的。"

这话音没落，就听背后一人高声说：

"什么真的假的，我反正不折腾假货！"

大伙儿吓一跳，以为佟大爷忽然出现。牛凤章一慌差点出溜到桌子下边去，定住神一瞧，却是一个瘦长老头，湖蓝色亮缎袍子，外套羔皮短褂子，玄黑暗花锦面，襟口露出出针的白羊毛，红珊瑚扣子，给铜托托着，赛一颗颗鲜樱桃，头戴顶大暖帽，精气神派头都挺足。原来是山西的吕显卿，身后跟着个穿戴也考究的小胖子。

"恭喜发财，居士，前天就听说您来了。必是专门赶着来看明儿佟家的赛脚会吧！真是好大的瘾呀！"乔六桥打着趣儿说。

"哪里是，我是来取……"吕显卿一眼瞅见牛凤章垂在下边的手，使劲朝他摇，转口变作笑话说，"向佟大爷取小足经来呀，什么事你们谈得好快活。"

大伙儿相互一客气，坐下了。吕显卿并不跟这些人介绍随来的小胖子。这些人都是风流才子，多半都醉，谁也没在意。乔六桥急着把刚刚议论"津门四绝"的话说了，便问：

"居士，依您看，我们的佟大爷够不够一绝？"

吕显卿琢磨一下说：

"平心而论，这人够怪，够不够绝还难说。才跟他见一面，不摸他的底。这样吧，明儿他家赛脚，咱都去。我料他既然这样三请四邀下帖子，必有令人意想不到的阵势。上次跟他斗法，一对一，没胜没败，这次他要叫我吕某人服了——我就在大同给他挂一号，天津这里当然就得算一绝了！"

"好好好，绝不绝，外人说。"乔六桥叫道。跟着鸡鸭鱼肉又要一桌，把荤把素把酒把油把汤把劲，填满一肚子，预备明儿大尽兴。

第八回　如诗如画如歌如梦如烟如酒

大早一睁眼，小雪花就没完没了。午后，足足积了两寸厚，地上、墙沿、缸边、石凳面、栏杆，都松松软软。粗细树杈全赛拿粉勾一遍，粗的粗勾，细的细勾。鲜鲜蜡梅花儿，每朵都赛含一口绵白糖。

今儿是灯节，佟家两扇大门关得如同一扇。串门来的拍门环，守在门洞里一个小用人，截门就喊一嗓子：

"全瞧灯去啦，家没人！"

其实人都在家，媳妇们在房里收拾脑袋捯饬脚，小丫头们在廊子上走来走去，往各房送热水送东西送吃的送信儿。个个穿鲜戴艳，脸上庄重小心，又赛大年三十夜拜全神那阵子那劲头。

这当儿，佟忍安正在前厅，陪着乔六桥、华琳、牛凤章、陆达夫和山西来的爱莲居士吕显卿喝茶说话。几位一码全是新衣新帽，牛五爷没戴帽子却刚刚剃过头，瓢赛的光溜溜。乔六爷也不比平时那样漫不经心，大襟上没褶，扣也扣得端正，看上去赛唱戏一样。

这次不比上次，大冬天门窗全闭着，人中间放着大铜盆，盆里的火炭打昨后晌烧个通宵，压也没压过，此刻烧得正热。隔寒气的玻璃都热得冒汗，滴答水儿。迎面红木大条案上摆着此地逢年必摆的插花，名叫"玉堂富贵"。是拿朱砂海棠白碧桃各一枝，牡丹四朵，水仙四头，杂着样儿色儿，栽在木槽子里。红是红白是白黄是黄绿是绿高是高矮是矮嫩是嫩俏是俏，没风吹，却一种一种香味替换着飘过来。打这人鼻眼儿钻出来，再钻进那人鼻眼儿去。好不快活好不快活！

乔六桥一口茶下去，美滋滋咂咂嘴说：

"佟大爷，今儿这茶好香，可是打正兴德买的？"

佟忍安说：

"正兴德哪儿来这样好茶？这是我点名打安徽弄来的。一般茶喝到两碗才有味，这茶热水一冲味儿色儿全出来了。不信，你们就相互瞧瞧，赛不赛蹲在荷花塘里照的那色，湛绿湛绿。它不单喝着香，三碗过后，再把茶叶倒进嘴嚼，嫩得赛菠菜心子。"

乔六桥瞧众人脸，忽叫道：

"可不是，大伙儿快瞅牛五爷的脸，活赛阴曹地府的牛头，碧绿！"

众人一齐哈哈哈哈大笑。陆达夫笑得脑袋使劲往后仰，喉结在脖子上直跳。

牛凤章晃着大脑袋说：

"牛肉是五大荤。驴、马、狗、骡、牛，各位不嫌腻，只管来吃我！"

陆达夫说：

"要吃快吃，立春过后再杀牛，就得'杖一百，充乌鲁木齐'了！"

众人又是笑。

佟忍安偏脸朝吕显卿说：

"您喝这茶名叫'太平猴魁'，居士可知它的来历？"

吕显卿摇头没言语。他和佟忍安一直暗较劲，谁摇头谁就窘。

乔六桥说：

"这茶名好怪，八成有些趣事。"

佟忍安正等这个话引子。马上说：

"叫六爷说着了——这是安徽太平产的茶。据说太平县有石峰，高百丈，山尖生茶，采茶人上不去，就驯养一群猴子，戴小竹帽，背小竹篓，爬上去采。所以叫'太平猴魁'。这茶来得稀罕吧！再说它长在山尖上，整天叫云雾煨着，味儿自然空灵清远。"

"空灵清远这四个字用得好。"华琳忽说，他手指着茶，眼珠子却没瞧茶，说，"难得人间有这好茶，可惜没这样好画！"

佟忍安说：

"今儿我可不是把茶和画配一块儿，而是拿它和小脚配一块儿的。"

吕显卿抓住话茬就说："佟大爷，您上次总开口闭口说什么神品。眼见为实，耳听为虚，要说这茶倒有股子神劲，小脚的神品还没见着。可就等今儿赛脚会上看了，要是总看不着，别怪我认为您佟家'眼高'——'脚低'了。"说完嘿嘿笑，赛打趣儿，又赛找碴儿。

佟忍安听罢面不改色，提起小茶壶，拿指头在壶肚上轻轻敲三下。

应声忽然哗啦哗啦一阵响，通向三道院的玻璃隔扇全打开，一阵寒气扑进来。热的凉的一激，差不多全响响地打喷嚏。这几下喷嚏，反倒清爽了。只见外边一片银白雪景，又静又雅。吕显卿抬起屁股急着出去瞧。佟忍安说："居士少安毋躁，这次变了法儿，不必出屋，坐着看就行。各位只要穿戴暖和，别受凉冻了头。"众人全都起来，有的拿外边的大氅斗篷披上，有的打帽筒取下帽子戴上。

嘛声儿没有，又见潘妈已经站在廊子上。还是上下一身皂，只在发箍、襟边、鞋口，加了三道黄边。这三道就十分扎眼。黑缎裹腿打脚脖子人字样紧绷绷直缠到膝盖下边，愈显出小脚，钉头一般戳在地上。乔六桥忽想到昨儿在义升成牛五爷的话，着意想打这脚上看出点邪味来。愈想看愈看不出来。回头正要请教陆达夫，只见佟忍安朝门口潘妈那边点点头，再扭过头来潘妈早不见了，好赛一阵风吹走。跟着一个个女子，打西边廊子走来，走到门前，或停住俏然一立，或左右错着步转来转去绕两圈，或半步不停行云流水般走过，却都把小脚看得清也看不清闪露一下。那些女子牛五爷全都认得，是桃儿杏儿珠儿，还有个新来的小丫头草儿。四少奶奶压场在顶后边。个个小脚都赛五月节五彩丝线缠的小粽子，花花绿绿五光十色一串走过。已经叫诸位莲癖看花了眼。陆达夫笑着说：

"这场面赛过今年宫北大街的花灯了！"

"我看是走马灯，眼珠子跟不上，都快蹦出来了！"乔六桥叫着。

座中只有吕显卿和华琳不吭声。不知口味高还是这样才显得口味高。

忽然潘妈上来说：

"大少奶奶头晕，怕赛不了。"

众人一怔，佟忍安更一怔，瞅瞅潘妈，似是不信。潘妈那张石头脸上除去横竖褶子，嘛也看不出来。佟忍安口气发急地说：

"客人都等着，这不叫人家扫兴！"

潘妈说：

"大少奶奶说，请二少奶奶先来。"

佟忍安手提小茶壶嘴对嘴慢慢饮，眼珠子溜溜直转，忽冒出光，好赛悟出嘛来，忙点头对潘妈说：

"好，去请二少奶奶先来亮脚。"

潘妈一闪没了。

只等片刻，打西厢房那边站出四个女子，身穿天蓝水绿桃红月黄四样色的衣裙，正是桃儿杏儿珠儿草儿，一人一把长杆竹扫帚，两人一边，舞动竹帚，齐刷刷，随着雪雾轻扬，渐渐开出一条道儿，黑黑露出雪下边的方砖地，直到这边门前台阶下。丫鬟们退去，门帘一撩，帘上拴的小银铃叮叮一响，白金宝大火苗子赛的站在房门口。只见她一身朱红裙褂，云字样金花绣满身，外披猩红缎面大斗篷，雪白的羊皮里子，把又柔又韧又俏又贼的身段全托出来。这一下好比戏台上将帅出场，看势头就是夺魁来的！头发高高梳个玉葱朝天髻，抓髻尖上插一支金簪子，簪子头挂着玉丰泰精制的红绒大凤，凤嘴叼着串珠。每颗珠子都是奇大宝珠，摇摇摆摆垂下来，闪闪烁烁的珠子后头是张红是红、白是白、艳丽照人的小脸儿。可她站在高门槛里，独独不见小脚。乔六桥、牛凤章、陆达夫，连同吕显卿，都翘起屁股，抻脖子腆脸往里瞧。

瞧着，瞧着，终于瞧见一只金灿灿小脚打门槛里迈出来，好赛一只小金鸡蹦出来。立即听到乔六爷一声尖叫，嗓子变了调儿。打古到今，没人见过小金鞋，是金线绣的，金箔贴的，纯金打的，谁也猜不透。跟手另一只也迈到门槛外边，左挨右，右挨左，并头并跟立着，赛一对小金元宝摆在那里。等众人刚刚看好，便扭扭摆摆走过来，每一步竟在青砖地上留下个白脚印。这是嘛，脚底没雪，哪儿来的白印子？白金宝一直走上这边台阶。众人眼珠子跟在她脚跟后边细一看，地上居然是粉印的白莲花图案，还有股异香扑鼻子。一时众人都看傻了。吕显卿站起来恭恭敬敬躬身道：

"二少奶奶，我爱莲居士自以为看尽天下小脚小鞋，没料到在您跟前才真开了眼。您务必告我，这银莲怎么印在地上的。您要是不叫我在外边说，我担保不说，什么时候说了，什么时候我就把我的姓倒着写。"

乔六桥叫道：

"别听他的，'吕'字倒过来还是'吕'字！"

吕显卿连忙摇手说：

"别听六爷的！他是念书的，心眼儿多，我们买卖人哪儿这么多心计。您要是不信，告了我，我马上把舌头割去！"

陆达夫取笑道：

"割了舌头，你还会拿笔写给别人看。"

"说完干脆就把他活埋了。"乔六桥说。

众人笑。吕显卿好窘，还是要知道。

白金宝见戈香莲不露面，不管她真有病还是临阵脱逃，自己上手就一震到底，夺魁已经十拿九稳，心里高兴，便说：

"还能叫居士割舌头，您自管张扬出去我也不在乎。我白金宝有九十九个绝招，这才拿出一招。您瞧——"

白金宝坐在凳上，把脚腕子搁在另一条腿上，轻轻一掀裙边，将金煌煌月弯弯小脚露出来，众人全站起身，不错眼盯着看。白金宝一掰鞋帮，底儿朝上，原来木底子雕刻一朵莲花，凹处都镂空，通着里边。她再打底墙子上一拉，竟拉出一个精致小抽屉，木帮，纱网做底，盛满香粉。待众人看好，她就把抽屉往回一推，放下脚一踩一抬，粉漏下来，就把鞋底镂刻的莲花清清楚楚印在地上了。

众人无不叫绝。

吕显卿也禁不住叫起来：

"这才叫'步步生莲花'，妙用古意！妙用古意！出神入化！出神入化！佟大爷，我今儿总算懂得您说的'神品'二字是……"

吕显卿说到这儿，不知不觉绊住口。只见佟忍安直勾勾望向院中，眼珠子唰唰冒光。看来好赛根本没听到吕显卿的话，回过头却摇脑袋说："你这见的，最多不过是妙品！"这话叫满屋人，连同白金宝都怔住。

吕显卿才要问明究竟，乔六桥忽指着院里假山石那边，直叫："看，看，那儿是嘛？"他眼尖。牛凤章把眼闭了又睁，几次也看不见。

没一会儿，众人先后都瞧见，那堆山石脚下有两个绿点儿，好赛两片嫩叶。大冬天哪儿来的叶子？但在白雪地里，点点红梅间，这绿又鲜又嫩又亮又柔又照眼又扎眼又入眼。嘛东西呢？不等说也不等问，两绿点儿一波一动，摇颤起来，好赛水上漂的叶片儿，上边正托着个女子，绕出山石拐角处，修竹般定住不动。一件银灰斗篷裹着身子，好赛石影，低头侧视，看不见脸。来回来去轻轻挪几步，绿色就在裙底忽闪忽闪，才知道是双绿鞋，叫人有意无意把眼神都落在这鞋上。天寒地冻，红梅疏落，这绿色立时使得满院景物都活起来。

吕显卿入了迷，却没看出门道。乔六桥究竟是才子，灵得好，忽有醒悟，惊叫道：

"这是'万翠丛中一点红'的反用，'万红丛中一点翠'！"

这句话把众人眼光引上一个台阶。

可是一晃绿色没了，人影也没了。院子立时冷清得很，梅也无色，雪也无光。众人还没醒过味儿来，更没弄清这人是谁，连白金宝也没看明白，东厢房的房门"哗啦啦"一开，那披斗篷的女人走出来，正是戈香莲。她两手反过腕儿向后一甩，甩掉斗篷，现出一身世上没有画上也没有的打扮。再看那模样韵致气度风姿神态，这个香莲与上次赛脚的香莲哪里还是一个人儿？白金宝也吓一跳，竟以为香莲耍花活找个替身！

先说打扮，上边松松一件月白丝绸褂子，打前襟右下角绣出一枝桃花，花色极淡，下密上疏，星星点点直上肩头，再沿两袖变成一片落瓣，飘飘洒向袖口。单这桃花在身上变了两个季节，绝不绝？袖口领口镶一道藤萝紫缎边，上边补绣各色蝴蝶，一码银的。下身是牙黄百褶罗裙，平素没花，条条褶子折得赛折扇一样齐棱棱。却有一条天青丝带子，围腰绕一圈，软软垂下来，就赛风吹一条柳条儿挂在她腰上。再说她脸儿，粉儿似擦没擦，胭脂似涂没涂，眉毛似描没描，这眉毛淡得好比在眼睛上边做梦。头发更是随便一卷，在脑袋上好歹盘个香瓜髻，罩上黑线网，没花没玉没金没银更没珍珠。打上到下，颜色非浅即淡，五颜六色，全给她身子消融了。这股子疏淡劲儿自在劲儿洒脱劲儿，正好给白金宝刚刚那股子浓艳劲儿精神劲儿玩命劲儿紧绷劲儿，托出来，比出来。这股子与世无争的劲儿反叫人看高了。世上使劲常常给别人使，真是累死自己便宜别人。还说戈香莲这会儿——她脸蛋斜着，眼光向下，七分大方，三分羞怯。直把众人看得心里好赛小虫子爬，痒痒痒痒却抓不着。更尤其，人人都想瞧她小脚，偏偏给百褶裙盖着。一路轻飘飘走来，一条胳膊斜搭腰前，一条胳膊背在身后，腰儿一走一摆，又弱又娇，百褶裙跟着齐齐摇来摆去，可无论怎么摆怎么摇，小脚尖绝不露出半点。直走到阶前停住，把背在后边的手伸向胸前，胳膊一举，手一张，掌心赛开出一朵黑黑大花，细看却是个黑毛大毽子。陆达夫好似心领神会，大叫一声：

“好呀，这招叫人美死呀！”

香莲把毽子向空中一抛，跟手罗裙一扬，好赛打裙底飞出一只小红雀儿，去逮那毽子，毽子也赛活的，一逮就蹦，这只小红雀刚回裙底，罗裙扬处，又一只小红雀飞出去逮。那毽子每一腾空飞起，香莲仰头，露出粉颈，眼睛光闪闪盯住那毽子，与刚才侧目斜视的神气全不同了；毽子一落下，立即就有只小红雀打裙底疾飞而出，也与刚才步履轻盈完全两样。只见百褶罗裙来回翻飞，黑毛大毽子上下起落。两只小雀一左一右你出我回出窠入窠，十分好看。众人才知这对小雀是香莲一双小脚。原先那双绿鞋神不知鬼不觉换了红鞋，才叫人看错弄错。亏她想得出，一身素衣，两只红鞋，外加黑毛大毽子，还要多爽眼！

舞来舞去的小红鞋，看不准看不清却看得出小、尖、巧、灵，每只脚里好赛有个魂儿。忽地，香莲过劲，把毽子踢过头顶，落向身后，众人惊呼，以为要落地。白金宝尖嗓子高兴叫一声："坏了！"香莲却不慌不忙不紧不慢来个鹞子翻身，腰一拧，罗裙一转，一脚回勾底儿朝上，这式叫作"金钩倒挂"，拿鞋底把毽子弹起来，黑乎乎返过头顶，重新飘落身前，另只脚随即一伸，拿脚尖稳稳接住。这招为的是把脚亮出来，叫众人看个满眼。好细好薄好窄好俏的小脚，好赛一牙香瓜。可好东西只能给人瞧一眼。香莲把脚轻巧一踮，毽子跳起来落回手中，小脚重新叫罗裙盖住。

香莲又是婷婷立着，眼神不瞧众人羞答答斜向下瞧。刚刚那阵子蹦跳过后，胸口一起一伏微微喘，更显得娇柔可爱。

厅内外绝无声息死了半天，这时忽然爆起一阵喝彩。众莲癖如醉如狂，乔六桥高兴得手舞足蹈，叫人以为他假装疯魔瞎胡闹；陆达夫脸上没笑，只有傻样；牛凤章眼神不对，好赛对了眼一时回不了位；华琳的傲气也矮下一截。乔六桥闹一阵，静下来，叹口气说：

"真是如诗如画如歌如梦如烟如酒，叫人迷了醉了呆了死了也值了。小脚玩到这份儿，人间嘛也可以不要了！"

众莲癖听罢一同感慨万端。

吕显卿对佟忍安说：

"昨儿乔爷他们议论'津门一绝'，把您归在里边，老实说，我还不服。今儿我敢说，您不单津门一绝，天下也一绝！这金莲出海到洋人那边保管也一绝！洋女人的脚，一比，都是洋船呵！"

"居士，你们内地人见识有限。那不叫洋船，叫洋火轮！"陆达夫叫着。

佟忍安满脸冒光，叫人备酒备菜，又叫戈香莲和白金宝、董秋蓉陪客人说话。可再一瞧，白金宝不在了，桃儿要去请她，佟忍安拦住桃儿只说句："多半绍华回来了，不用管她！"就和客人们说笑去了。很快酒肉菜饭点心瓜果就呼噜呼噜端上来。此时是隆冬时节，正好吃"天津八珍"。银鱼、紫蟹、铁雀、晃虾、豆芽菜、韭黄、青萝卜、鸭梨。都是精挑细拣买来加上精工细制的，黄紫银白朱红翠绿，碟架碟碗摞碗摆满一桌。

酒斟上刚喝，陆达夫出个主意，叫香莲脱下一只小鞋，放在三步开外地方，大伙儿拿筷子往里扔，仿照古人"投壶"游戏，投中胜，投不中输罚一大杯。众莲癖马上响应，都说单这主意，就值三百两银子。只怕香莲不肯。香莲却大方得很，肯了。脱鞋之时，众莲癖全都盯着看脚，不想香莲抿嘴微微一笑没撩裙子，双手往下一操，海底捞月般，打裙底捧上来一只鲜红小鞋，通体红缎，无绣无花，底子是檀木旋的，鞋尖弯个铜钩儿，式样很是奇特。吕显卿说：

"底弯跟高，前脸斜直，尖头弯钩，古朴灵秀，这是燕赵之地旧式坤鞋，如今很少见到，也算是古董了。是不是大少奶奶家传？"

香莲不语，佟忍安嘿嘿两声，也没答。

潘妈在旁边一见，立时脸色就变，一脸褶子，"扑啦"全掉下来，转身便走，一闪不见。大伙儿乱嘈嘈，谁也没顾上看。

小红鞋摞在地上，一个个拿筷子扔去。大伙儿还没挨罚就先醉了。除去乔六桥瞎猫撞死耗子投中一支。牛凤章两投不中，罚两杯。佟忍安一支筷子扔在跟前，另一支扔到远处铜痰筒里，罚两杯。吕显卿远看那小小红鞋，魂赛丢了，手也抖，筷子拿不住，没扔就情愿罚两杯。几轮过后，筷子扔一地，小鞋孤零零在中间。佟忍安说：

"这样玩太难，大伙儿手都不听使唤，很快就给罚醉了，扫了兴致，陆四爷，咱再换个玩法可好？"

陆达夫马上又一个主意。他说既然大伙儿都是莲癖，每人说出一条金莲的讲究来，说不出才罚。众莲癖说这玩法更好，既风雅又长学问，于是起哄叫牛凤章先说。

"干嘛？以为我学问跟不上你们？"牛凤章站起来，竟然张口就说："肥，软，秀。"

乔六桥问：

"完啦？"

"可不完啦！该你说啦！"

"三个字就想过关，没门儿，罚酒！"

"哎，我这三个字可是在本的！"牛凤章说，"肥、软、秀，这叫'金莲三贵'。你问佟大爷是不。学问大小不在字多少，不然你来个字多的！"

"好，你拿耳朵听拿嘴数着——我这叫金莲二十四格。"乔六桥说，"这二十四格分作形、质、姿、神四类，每类六字，四六正好二十四。形为纤、锐、短、薄、翘、称；质为轻、匀、洁、润、腴、香；姿为娇、巧、艳、捷、稳、俏；神为闲、文、超、幽、韵、淡。"

吕显卿说：

"这'神'类六个字，若不是今儿见到大少奶奶的脚，怕把吃奶的劲使出来也未必能懂。可这中间唯'淡'一字……还觉得那么飘飘忽忽的。"

乔六桥说：

"哪里飘忽，刚才大少奶奶在石头后边一场，您还品不出'淡'味儿来？淡雅淡远淡泊淡漠，疏淡清淡旷淡淡淡，不是把'淡'字用绝了吗？"

这山西人听得有点发傻，拱拱手说："乔六爷不愧是天津卫大才子，张嘴全是整套的。好，我这儿也说一个。叫作'金莲四景'，不知佟大爷听过没有？"他避开满肚子墨汁的乔六桥，扭脸问佟忍安。还没忘了老对手。

"说说看。"佟忍安说，"我听着。"

"缠足，濯足，制履，试履。怎么样？哈哈！"吕显卿嘴咧得露黄牙。

在座的见他出手不高，没人接荐。只有造假画的牛凤章连连点头说："不错不错！"佟忍安连应付一下的笑脸也没给。他瞧一眼香莲，香莲对这山西人也满是瞧不上的神气。华琳的眼珠子狠命往上抬，都没黑色了，更瞧不上。牛凤章见了，逗他说：

"华七爷，别费劲琢磨了，您也说个绝的，震震咱耳朵！"

华琳淡淡笑笑，斜着眼神说：

"绝顶金莲，只有一字诀，曰：空！"

众莲癖听了大眼瞪小眼，不知怎么评论这话的是非。

牛凤章把嘴里正嚼着的铁雀骨头往地上一啐，摆手说：

"不懂不懂！你专拿别人不懂的糊弄人。空无所有叫嘛金莲？没脚丫子啦？该罚，罚他！"

没料到香莲忽然说话：

"我喜欢这'空'字！"

话说罢，众莲癖更是发傻，糊涂，难解费解不解无法可解。佟忍安那里也发怔，真赛这里边藏着什么极深的学问，没人再敢插嘴。

陆达夫哈哈笑道：

"我可不空，说的都是实在的。我这叫'金莲三上三中三下三底'。你们听好了，三上为掌上、肩上、秋千上，三中为醉中、睡中、雪中，三下为帘下、屏下、篱下，三底为裙底、被底、身底……"

乔六桥一推陆达夫肩膀，笑嘻嘻说：

"陆四爷你这瞒别人瞒不了我。前边三个三——三上三中三下，是人家方绚的话，有书可查。后边那三底一准是你加的。为嘛？陆四爷向例不吃素，全是荤的。"

陆达夫大笑狂笑，笑得脑袋仰到椅子靠背后边去。

轮到佟忍安，本来他开口就说了，莫名其妙闷住口。事后才知，他是给华琳一个"空"字压住了，这是后话。眼下，佟忍安只说："我无话可说，该罚。"一扬脖，把眼前的酒倒进肚里，随后说，"又该换个玩法，也换换兴致！"

众莲癖知道小脚学问难不倒佟忍安，只当他不愿胡扯这些不高不低的话。谁也不勉强他。乔六桥说：

"还是我六爷给你们出个词儿吧——咱玩行酒令，怎么样？规矩是，大伙儿都得围着小脚说，不准扯别的。就按'江南好'牌子，改名叫'金莲好'，每人一阕，高低不论，合仄押韵就成。咱说好，先打我这儿开始，沿桌子往左转，一个挨一个，谁说不出就罚谁！"

这一来，众莲癖兴趣又提到脑袋顶上。都夸乔六桥这主意更好玩更风雅更尽兴。牛凤章忙把几块坛子肉扒进肚子里，垫底儿，怕挨罚顶不住酒劲儿。

"金莲好！"乔六桥真是才子，张口就出句子，"裙底斗春风，铜尺量来三寸小，袅袅依依雪中行，款步试双红。"

"好！"众莲癖齐声叫好，乔六桥"嗒"手指一弹牛凤章脑袋就说，"别塞了，该你啦！"

"我学佟大爷刚才那样，喝一杯认罚算了！"牛凤章说。

"不行，你能跟佟大爷比？佟大爷人家是天津卫一绝。你这牛头哪儿绝？你要认罚，得喝一壶。"乔六桥说。

众人齐声喊"对"。

牛凤章给逼得挤得整得抓耳挠腮，直翻白眼，可不知怎么忽然蹦出这几句：

"金莲好，大少奶奶脚，毽子踢得八丈高，谁要不说这脚好，谁才喝猫尿！"

这话一打住，众莲癖哄起一阵疯笑狂笑，直笑得捂肚子掉眼泪前仰后合翻倒椅子，华琳一口茶"噗"地喷出来。

"牛五爷这几句，别看文气不够，可叫大少奶奶高兴！"吕显卿说。

直说得香莲掩口咯咯笑，笑得咳嗽起来。

牛凤章得意非凡，一把将正在咬螃蟹腿儿的陆达夫拉起来，叫他马上说，不准打岔拖时候，另只手还端起酒壶预备罚。谁料陆达夫好赛没使脑袋，单拿嘴就说了：

"金莲好，入夜最销魂，两瓣娇荷如出水，一双软玉不沾尘，愈小愈欢心。"

香莲听得羞得臊得扭过脸去。乔六桥说:"不雅,不雅,该罚该罚!"众莲癖都闹着灌他。

陆达夫连连喊冤叫屈说:"这叫雅俗共赏。雅不伤俗,俗不伤雅,这几句诗我敢写到报上去!"他一边推开别人的手,一边笑,一边捂嘴不肯认罚。

乔六桥非要灌他。这会儿,人人连闹带喝,肚子里的酒逛荡上头,都想胡闹。陆达夫忽起身大声说:

"要我喝不难,只一条,依了我喝多少都成!"

"嘛,说!"乔六桥朝他说,赛朝他叫。

"请大少奶奶把方才做投壶用的小鞋借我一用。"陆达夫把手伸向香莲。

香莲脱了给他,不知他干嘛用。却见陆达夫竟把酒杯放进鞋跟里,杯大鞋小,使劲才塞进去。"我就拿它喝!"陆达夫大笑大叫。

"这不是胡来?"牛凤章说,扭脸看佟忍安。

佟忍安竟不以为然,反倒开心地说:

"古人也这么做,这叫'采莲船',以鞋杯传酒,才真正尽兴呢!"

这话一说,众莲癖全都不行酒令,情愿挨罚。骂陆达夫老奸巨猾,世上事真是"吓死胆小的,美死胆大的"。愈胡来愈没事,愈小心愈来事。五脏六腑里还是胆子比心有用!于是大伙儿打陆达夫手里夺过鞋杯,一个个传着抢着争着霸着,又霸又争又抢又夺,斟满就饮,有的说香,有的说醉,有的说不醉,还喝。乔六桥夺过鞋杯捧起来喝。两手突然一松,小鞋不知掉到哪里,人都往地上看地上找,忽然陆达夫指着乔六桥大笑，原来小鞋在乔六桥嘴上，给上下牙咬着鞋尖，好赛叼着一只红红大辣椒！

第九回　真人真是不露相

这歪歪扭扭小人儿，头顶瓜皮小夹帽，一副旧兔皮耳套赛死耗子挂在脑袋两边，胳肢窝里夹着个长长布包。冻得缩头缩脖缩手缩脚，拿袖子直抹清鼻涕汤子。小步捯得贼快，好赛条恶狗在后边追。一扭身，"咔"地扎进南门里大水沟那片房子，左转三弯，右转两弯，再斜穿进条小夹股道。歪人走道，逢正变斜，逢斜变正。走这小斜道身子反变直了一般。

他站在一扇破门板前，敲门的声儿三重一轻，连敲三遍，门儿才开。开门的是牛凤章，见他就说：

"哎！活受！你小子怎么才来，我还当你掉臭沟里了呢，人家滕三爷等你好半天！"

活受呼哧呼哧喘，嗓子眼儿还咝咝叫，光张嘴说不出话。牛凤章说："甭站在这儿呼哧啦，小心叫人瞧见你！"引活受进屋。

屋里火炉上架一口大铁锅，正在煮画。牛凤章给热气蒸得大脸通红发紫，真赛鼓楼下张官儿烧的酱牛头，那边八仙桌旁坐着个胖人，一看就知保养得不错，眼珠子、嘴巴子、手指肚儿、指甲盖儿，哪儿哪儿都又鼓又亮。穿戴也讲究。腰间绣花烟壶套的丝带子松着，桌上立着个挺大的套蓝壶，金镶玉的顶子，还摆个瓷烟碟，碟子上一小撮鼻烟。活受打眼缝里一眼看出这烟碟是拿宋瓷片磨的，不算好货。

这位滕三爷见活受，满脸不高兴，活受嘴不利索，话却抢在前头："铺织（子）有锅（规）矩，正（真）假不能湿（说）。杏（现）在跟您湿（说）实在的，您扰（几）次买的全是假的……"说到这儿，上了喘，边喘边说，"您蛇（谁）也不能怨，正（真）假全凭自己养（眼），交钱提货一出摸（门），赔脑袋也认头……今儿是冲牛五爷面织（子），您再掏儿（二）百两，这轴大涤子您拿赤（去），保管头流货……"说着打开包儿又打开画儿，正是前年养古斋买进的那张石涛真迹。

滕三爷俩眼珠子在画上转来转去，生怕再买假，便瞧一眼牛凤章，求牛凤章帮忙断真假。牛凤章造惯假画，真的反倒没根，反问活受：

"这画确实经佟大爷定了真的？可别再坑人家滕三爷了。三爷有钱，也不能总当冤大头。自打山西那位吕居士介绍到你们铺子里买古董，拿回去给行家一瞧就摇头。这不是净心叫人家倾家荡产吗？活受，俗话可是说，坑人一回，折寿十岁！"

"瞧您湿（说）的……要是假的，河（还）不早墨（卖）了……这画撂在沽（库）里，我看湿（守）它整整乐（两）年半……"

"你把这画偷着拿出来，不怕你们佟大爷知道？"滕三爷问。

"这好布（办）……我想好了，请牛五爷织（造）轴假的，替出这轴真的耐（来）……"

牛凤章冷笑道："打得好算盘。钱你俩赚，毁就毁我！谁能逃出佟大爷那双眼，他不单一眼就看出假，还能看出是我造的！"他手一摆说，"我老少三辈一家子人指我吃饭呢，别坑完滕三爷再来坑我！"

"这也好布（办），我有……夫（法）子。"活受脸上浮出笑来。

"嘛法儿？"牛凤章问。他盯着活受的眼，可怎么也瞧不见活受的眼珠子。

活受没吭声。牛凤章指着滕三爷说：

"人家花钱，你得叫人家心明眼亮。死也不能当冤死鬼！"

活受怔了怔，还是说：

"古董行的事，湿（说）了他未必明白。不管佟家铺织（子）坑没坑人，我活受保管不坑滕三爷就是了……"

牛凤章听出活受有话要瞒着滕三爷，就改了话题说：

"这画要造假，至少得在我这儿撂个把月，少掌柜要是找不着它不就坏事了？"

活受再一笑，小眼几乎在脸上没了。他说：

"少掌柜哪儿河（还）有兴（心）管画。"

"怎么？"滕三爷是外人，不明白。

"您问牛五爷，佟家事，他情（全）知道。自打灯节那条（天）比脚，大少奶奶制（占）杏（先），二少奶奶玩完，佟家当下是大少奶奶天下。不光小丫头们都往大少奶奶屋里跑，佟大爷也往大少奶奶屋里跑，嘻嘻……二少爷没脏（沾）光脏（沾）一脚屎！二少爷二少奶奶两口子天天弄（闹），头夫（发）揪了，药（牙）也打掉了……"

"听吕居士说，你们大少奶奶本是穷家女人，能挑得起来这一大家子？"滕三爷问。

牛凤章说：

"滕三爷话不能这么说。人能，不分穷富。我看她——好家伙，要是男人，能当北洋大臣。再说……还有佟大爷给她坐劲。谁不听不服？"

"这佟家的事奇了，指着脚丫子也能称王！"滕三爷听得来劲，直往鼻眼抹鼻烟。

牛凤章笑道：

"小脚里头的事你哪儿懂？你要想开开眼，哪天我带你去见见世面，那双小脚，盖世无双，好赛常山赵子龙的枪尖！唉，吕居士头次带你来天津那天，我们在义升成饭庄说的那些话你不都听到了？吕居士也心服口服称佟家脚是天下一绝！"

谁料滕三爷听罢嘴巴肉堆起来，斜觑着眼儿说：

"吕居士心服口服，我不准心服口服。老实给您说，吕居士跟我论小脚，我在门里，他在门外。要不赛脚那天你们请我去，我也不去。我敢说，我能制服你们大少奶奶！"

"嘛？你？凭你的脚，大瓦片，大鸭子，大轮船。别拿自个儿开心啦！"牛凤章咧开嘴大笑。

"谁跟你胡逗，咱们动真格的。你今儿去跟佟家说好，明儿我就把闺女带去！"滕三爷正儿八经地说。

"嘛嘛，你闺女，在哪儿呢？我怎么没听说过。"

"在客店里，我把她带来逛天津了。你上京城里扫听扫听去，二寸二，可着京城我闺女也数头一份儿！"

"二寸二，是脚的尺寸？多大多大？"牛凤章瞪圆牛眼。

滕三爷拿手指头把烟壶捅倒，说：

"就这么大。你们大少奶奶比得了？"

"呀呀呀，天下还有这么大的脚，听也没听过。我不会儿得先瞧瞧去。我好歹也算个莲癖，你要叫我开开眼，我也叫你开开眼。我还藏着些真古董！"

牛凤章说着，站起身打开柜子，拿出一面海兽祥鸟葡萄镜，一尊黑陶熏炉，一块葫芦状的歙砚，半套失群的岫岩玉雕八仙人。只剩下吕洞宾、蓝采和、汉钟离、曹国舅四个，刻工却是一流，个个须眉手指襟带衣袂都有神气。滕三爷看花了眼，高兴得嚓嚓搓手心，活受在一旁不吭声，却看出来，这几件东西，只有那铜镜是块唐镜，炉子砚台全是假货。四个玉人是玩意儿，算不上古董物件。活受说：

"滕三爷，您织（真）拿葱（出）二寸二小脚，把我们大少奶奶压下秋（去），我担保少掌柜送个揪（周）鼎谢您。"

"这不难。你回去说好，明儿就登门拜访。"滕三爷说。

活受高高兴兴起身告辞。牛凤章送他到门外，带上门说：

"你刚才说有嘛法造大涤子的假画，我可够呛，怕不像，顶多像五分……甭说五分，像三分就不错！"

活受凑上来，踮起脚跟立脚尖，嘴对着牛凤章扇风大耳朵吭吭巴巴，直把牛凤章说得嘴岔子咧得赛要裂开，吃惊地说：

"你小子能耐比我还大！"

他呆呆瞅着活受。那模样不知见鬼还是见神了。他不明白这半死不活的小子，打哪儿知道这些造假画的绝招！

这才叫真人不露相。真人真是不露相。

活受说：

"往喝（后）咱俩一秋（齐）干。您单会弄假的不成。我这叫半正（真）半假，有正（真）有假，想风（分）也风（分）不出来！"

"绝是绝，可我的心直扑腾，我怕佟大爷！"

"怕他干嘛？佟家人兴（心）思都在脚丫子上，没人锅（顾）得了铺织（子）。您再拨拨算泼（盘）珠子，这一张顶上您过去一本（百）张还不止……"

牛凤章牛眼立时一亮，来了胆子。只说："到时候你别咬我就成！"又嘀咕两句，"你得留神，这大件东西拿进拿出，太招眼儿！"

活受又白又歪又光又凉小脸上，一笑，满是瞧不起神气，没接对方话茬，却说：

"你盯住滕三爷，明儿务布（必）叫他领闺女去。只要那二寸二腰（压）住大少奶奶，佟家又是一次大翻锅（个）儿，您就是把铺织（子）搬耐（来），也没人锅（顾）得上……"

牛凤章两眼发直，嘀咕着：

"可以假换真这事，我还是有点拿不准。"

活受已经给他瞧后背了。

第十回　白金宝三战戈香莲

几位少奶奶，打头到脚收拾好，等候滕三爷带闺女来访。说来访是句好听话，实在是斗法来的！

白金宝今儿挺兴致，人也轻松。她知道滕家小姐不是冲她来的，倒是帮她来的。她完全不必使劲，只当一场好戏看就是了。她扭脸凑向身边的三少奶奶尔雅娟说："听说这闺女的脚顶多才二寸二，我不信，要是真的，咱们佟家的脚还往哪儿摆？对吗？"这声儿不大不小，刚好能叫坐在另一边的戈香莲听见。

尔雅娟低眼瞅瞅戈香莲，没敢吱声。香莲的脸好静好冷，让人没法子知道她今儿这一战，有根没根，胜败如何。

尔雅娟前天才打南边回来，本该随着三少爷绍富早早回来过年。临到启程，绍富叫架眼儿掉下来一个铜乌龟砸断脚背，一步挪不动。尔雅娟只好同远房一位婶子搭伴，回天津看看婆家人老熟人，也想见见没见过面的嫂子戈香莲。她早就听说嫂子的脚赛过当年的婆婆，耳闻不如目见，她心里还暗存着比试比试的劲儿。回到家白金宝就把她拉进屋翻腾事儿，先说戈香莲在家如何一手遮天，随后就挑唆尔雅娟跟香莲斗脚。

扬州小脚也是闻名天下，尔雅娟又是佟忍安去扬州买帖时看上的，更是万里挑一。在扬州向例也是一镇，有能耐的人都傲，再叫白金宝左挑右挑，心里的暗劲变成明劲，当即穿上一双白铜鞋去见嫂子。白金宝跟在后边，她算计好，只要尔雅娟一胜，她就给香莲闹个"破鼓乱人捶"！

香莲见了尔雅娟，谈东谈西，似笑不笑，不冷不热，不咸不淡。两眼只瞧尔雅娟一张月季花赛的小脸儿，就是不看她的脚。自己的脚也给裙子盖着，叫尔雅娟没法子跟她干。可香莲说着笑着忽然手指尔雅娟的脚说：

"你这双白铜鞋，是找人打的？"

尔雅娟可逮住机会，马上说：

"一位湖南的客商送我的。他在湘西碰见个耍马戏的女子。那女子穿这双鞋走钢丝，还拿它踢木板，一寸厚的板子，一脚一个窟窿。客商花了好几百两银子买下这双鞋，非要送我。这鞋可比不得一般鞋，面子底子帮子哪儿哪儿全都是硬的，没半点柔和劲儿。脚肥一点，长一点，歪一点，都进不去。它不将就你，你将就它也不行。谁知我一试，正好。"

尔雅娟说到这儿，脸赛花开似的一笑，还瞅一眼白金宝。白金宝跟着就说：

"那得看谁的脚。驴蹄子鸡爪子当然不成！"

香莲只当没听见，含笑对尔雅娟说：

"妹子给我试试成吗？"

尔雅娟一怔，巴不得给香莲试穿，叫她出丑。这铜鞋是硬的，十双脚九双半不合适。没料到自己捡套，香莲不知轻重傻往里钻，正好！尔雅娟毫不犹豫脱下铜鞋给香莲。谁知香莲的脚往里一伸，好赛东西掉进袋子里，一仰脸朝站在后边的丫头桃儿说：

"去拿些丝绵来，这鞋好大！"

这话等于一斧子砍死尔雅娟！

尔雅娟没见过这样又小又俏又软又美的脚。铜鞋再硬，卡不住比它小的脚。

香莲笑眯眯又对白金宝说：

"二少奶奶，你也试试玩儿？"

这话又赛一斧子砍向白金宝。白金宝自知这鞋穿也穿不进去，摇摇头，脸上好窘。香莲起身，没言语，带着桃儿回了屋子，打这儿尔雅娟就怵她了。白金宝更怵香莲，多少天没敢正眼看香莲的脸，还总觉得香莲蔫坏损瞧着她。其实香莲根本不挂相，好赛没这回事。

今儿白金宝又活起来。二寸二的脚，单是小，就叫香莲没辙。香连心里的小鼓要不咚咚敲才怪呢!

四位少奶奶等候滕家小姐的当儿。乔六桥、陆达夫几个来请佟大爷到海大道庆来坤戏园子看《拾玉镯》。佟忍安打算在家等着瞧二寸二小脚。乔六桥说:"咱那边也有双脚,比这二寸二强十倍,诳你就割我鼻子!"说话时,门口连篷车都预备好了。佟忍安疑惑着:"比二寸二再强十倍,就二分二了,跟蚂蚱一般大?"就出门上车一路嘻嘻哈哈去了。其实这戏票是佟绍华买的,由乔六桥出面请,为的是把佟忍安架出来,没人给香莲坐劲。这边只要滕家小姐一赢,白金宝就翻天。真是一边看戏,一边唱戏。演戏瞧戏闹戏捧戏哄戏做戏,除去没戏全是戏。再往深处说,没戏更是戏。

那边,佟忍安进了园子,戏已开唱。孙玉姣坐在台中央一张椅子上,左腿架在右腿上,娇声娇气说:"小女孙玉姣,母亲烧香拜佛去了,我在家中闲着没事,不免做些针黹,散闷罢了。"说到这儿,小锣当儿一响,跷着的左脚腕子一挺,把鞋底满亮出来,青白细嫩,真赛笋尖。这下差点叫佟忍安看昏过去。急着问这花旦名姓,绍华忙说叫月中仙。佟忍安口中就不停念叨着:"月中仙来月中仙……"下边一出垫戏《白水滩》看赛没看。等到再下一出《活捉三郎》,又是月中仙的戏。演到阎惜姣的鬼魂儿,小脚满台跑,赛一溜溜青烟,佟忍安顾不得旁人,一个劲傻叫:"好!好呵——好!好!"惹得一帮子戏迷说他劝他骂他拿苹果核儿砍他也止不住他。

这边,牛凤章一手提着袍襟"噔噔噔"奔进佟家来。四位少奶奶见他,白金宝劈面就问:"人呢?滕家小姐呢?在哪儿!"不等牛凤章转起舌头，只见一个胖男人抱一个娇小女子大步来到。一个大活人再轻也七八十斤，难怪这胖男人呼呼喘粗气。看样子这就是滕三爷和滕家小姐了。几位少奶奶都当是滕家小姐半道病了，忙招呼丫头们上来侍候，不想这胖男人撂下小姐，掏出块大帕子抹汗，一边笑呵呵说："没事没事，她挺好！"滕家小姐跟手也笑了。众人不明白是嘛事，好好的干嘛抱进来？

可谁也不管为嘛，都一窝蜂围上去看滕家小姐二寸二的脚。一看全蒙住！这脚就赛打脚脖子伸出个小尖。再一弯，也就橘子瓣大小，外套鲜亮银红小鞋，精致绣满五色碎花，鞋口的花牙子，跟梳子齿一般细。不赛人穿的，倒赛特意糊的小鞋样子，可它偏偏有姿有态不残不缺，大脚趾还不时动它一动。人能把脚缠这么小，真算得上世间奇迹，不看谁也不信。

甭比，佟家脚连亮也不敢亮！

香莲脸色刷白，一眼瞅见站在身旁的牛凤章，小声说：

"好呵，五爷，你原来也恨我不死！"

牛凤章听这话打个冷战，忙说：

"不瞒您说，这是少掌柜请来的，不过叫我跑跑腿，我不好推辞罢了。我是佟大爷的人，哪儿敢跟您捣蛋。心想也是叫您瞧个新鲜。别瞧她脚小，可小过了劲儿，站不住。走路必得人扶着，出门必得人抱着，站都站不住，京城人都称她'抱小姐'。可别人抱不成，非她爹不可，娇着呢！那滕三爷，阔佬一个，任嘛不懂。"

香莲情不自禁"噢"一声，眼睛一亮，心也一亮。好赛意外忽然抓到得胜的招数。

白金宝在人群中间叫着："不管别人服不服，反正我服了，不服就比，谁比谁完蛋！人家这脚是明摆着的！对吗？雅娟、秋蓉、桃儿、杏儿……"她挨个问，声音愈来愈高，就是不问香莲，句句却是朝香莲去的。

谁也不抬头看香莲，都怕香莲。

香莲不言不语站一边。不等白金宝闹到头，她不出招。

白金宝只当她怵了，索性大喊大叫："反正有这双脚，别人嘛脚我也瞧不上！待会儿老爷回来，叫他也开开眼。别总拿南瓜当香瓜，拿瞎蛾子当蝴蝶儿。"又扭脸冲滕三爷说，"叫您小姐留在我家住些天好吗？就跟我住一屋，我还叫桃儿给她绣双红雀鞋……"

滕三爷说：

"二少奶奶这么厚爱，敢情好。只是我这闺女……"

香莲看准火候，走到抱小姐身前，笑眯眯说：

"小姐，跟我到当院看看桃花可好？前两天一乍暖，满树都是骨朵，居然开了不少，还招来蜜蜂，好看着呢！"

抱小姐说："我走不好！"她奶声奶气，倒赛七八岁的娃娃卷着舌尖说话。

"这没事，我扶你，几步就到当院。"

香莲说着扶她起来。谁也不知香莲用意，只见她一挽一扶与抱小姐走出前厅，下了台阶。这一走，就看出毛病来。抱小姐好比一双烂脚，沾不得地；香莲每一步都是肩随腰摆，腰随脚扭，无一步不美。到了院中，香莲抬头看花，好赛不知不觉松开挽着抱小姐的手臂，自个儿往前走两步，忽然叫道："抱小姐你看！你看！那片花全开了，赛朵红云彩，多爱人，抬头呀，就在你脑瓜顶上！"她手指头顶上方。

抱小姐一抬头，脚没拿稳，没等叫出声，"扑通"一下，死死摔个硬屁股蹲儿。抱小姐皮薄肉少，屁股骨头撞在砖地那一声，叫人听得心里一揪。香莲惊慌叫道："好好站着，没石子绊脚，怎么倒了！快快，桃儿珠儿，还不快扶起抱小姐！"滕三爷和众人都跑来搀抱小姐。抱小姐栽了面子，坐在地上捂着脸哭，不起来，谁也弄不动。

"我真该死，叫她摔了。怎么？她站不住吗？"香莲对滕三爷说。

"这不怪大少奶奶。小女没人扶，站不住。"滕三爷说。

"这倒怪了。脚有毛病？"香莲说。看不出她是装傻，还是有意讥讽。

"毛病倒没有，就是太小，立不住。"滕三爷说着低头冲闺女说，"还不起来，赖在地上什么样儿！"

这话更伤了抱小姐，拼命晃肩膀不叫人扶，谁伸手打谁，两脚乱踹乱蹬，直把鞋子踹掉，脚布也散了。香莲看着，恨不得她踹光了脚才好。嘴上却说：

"桃儿，帮着小姐穿上鞋，别着了凉！"

滕三爷见闺女这样胡闹，满脸挂窘，不住向香莲道歉。香莲说：

"这么说就见外了。可是我打心里疼您家小姐。人脚哪儿能不能站不能走的，这脚不算废了？我看这脚没救了，您真该在鞋上给她想点辙。是吧！"

这两句是拐着弯儿把抱小姐骂死。

滕三爷连说"是，是，是"，猫腰抱起抱小姐就走。出去的步子比进来的还大。牛凤章也赶紧向香莲告辞。只见香莲脸上的笑透股寒气，吓得牛凤章没转身三步倒退出屋门。

抱小姐走后。香莲当着众人对桃儿笑道：

"真哏，这牛五爷不长牛眼，长一对狗眼，愣看上这对烂猪蹄了！"

桃儿不笑不答，她知道这话是给白金宝听的。白金宝脸上早就不是色儿。香莲话说得轻松，神气也自如，直到回屋，"咯噔"一下，悬着的心才回位。

可是过了三天，香莲的心又提起来。白金宝站在当院嚷嚷开，说佟大爷请来一双飞脚，饭后就到。还说这是宝坻县红得发紫的彩旦，名唤月中仙。不单脚小脚美，还满台赛珠子在盘子里飞转，这同头三天那个不会走道的抱小姐全然两样。一个站不能站走不能走立不住，一个如驰如飞如鱼游水如鸟行空。白金宝的嗓门向例脆得赛青萝卜，字儿咬得一个是一个赛蹦豆，香莲还听到这么一句："听说飞起来，逮也逮不着。"香莲虽胜了抱小姐，不敢说也能胜这个月中仙。天下之大，无奇不有，香莲不敢不信。假若不是真的，白金宝也不会这么咋呼。香莲心里早懂得，人要往上挣，全是硬碰硬，不碰碎别人就碰碎自己。只有把对手都当劲敌才是。她闭上门，想招儿。可是一点不知月中仙的内情，哪儿知嘛招当用，这真难了！最好的办法是先在屋里秘着，等机会。

午后，一阵人声笑语进了前厅。忽听一句："佟大爷在上，奴家月中仙有礼了！"声调又娇又脆又清又亮，赛黄莺子叫，用的都是戏里道白的口儿。说完就一阵喧笑哗闹。

就听佟大爷的声音：

"我家众位都是爱莲人。听说月中仙有金莲绝技，巴不得饱眼福，就请到当院表演一番。"

跟手这些声音挪到当院。只听月中仙两个字儿："献丑。"没有行走奔跑声，却有一片咂嘴赞叹和拍巴掌声音。尔雅娟吃惊的声音：

"哟，快得我只见人影儿。"

佟绍华的声音：

"金宝，你不跟着转两圈？"

白金宝的声音：

"我哪儿有这脚。吓得只想回屋关门关窗躲起来。"

又是说又是笑又是叫又是闹，还听佟忍安声音：

"是啊，怎么还不见香莲来呢？"

白金宝的声音：

"猫一来，耗子还看得见。"

香莲憋在屋，心里的火腾腾往上蹿，胜败反正都得拼过才能说。她"哗啦"打开门，走出来一瞧，院里站满人，一时眼花，看不清谁是谁。桃儿跑到跟前来挤挤眼说：

"您看那就是月中仙，男的！"

香莲顺着桃儿细巧的手指头望去，人群中果然站着一个瘦弱男人，再瞧，下边竟是一双精灵的女人小脚。看模样是个男旦，可哪儿来一双女人小脚？这天底下的事真是不知道的比知道的多得多得多。这会儿，那瘦男人正上下打量她，忽叫一声："啊呀，这就是闻名津门的佟家大少奶奶戈香莲吧！"说着风吹似的跑过来，两脚好赛不沾地，眨眼工夫到了香莲面前，双手别在腰间道万福，说话的调儿还是戏腔，"月中仙拜见大少奶奶。"

香莲还没弄明白怎么档子事，有点发傻。那边白金宝和佟绍华大声哈哈笑，好赛在看香莲的笑话。

这月中仙忽扬起一条腿扛在肩上，脚过头顶，来招童子功，说："您看我月中仙的脚，比得上您大少奶奶的脚吗？"

香莲一看这扛过头顶底儿朝上的小脚，才明白原来是木头造的假小脚，上头有布套，套在真脚上，用丝绳扎牢，好比踩高跷，叫衣裙一遮，跟真的一样。原来这就是男扮女装的彩旦使的踩跷呀！过去听说今儿才见。香莲赛打梦里醒来，松口大气。众人当作趣事咯咯地笑。唯有白金宝佟绍华笑得邪乎，白金宝笑岔了气，直弯腰捂肚子。香莲立时明白，这是白金宝搬来尔雅娟和抱小姐斗不过她，才剜心眼儿，弄来月中仙唬她，看她乐子，当众糟践她。可她脑子一转，又想，白金宝拿她没辙，才使这招。这招够笨，毕竟假玩意儿，不过一时解解气罢了，更显出自己一双脚谁也扳不倒。想到这儿，反而精神起来，脸上的笑也有根了。她对月中仙说：

"你这假脚唬住我不算嘛，可唬住我公公？我公公是火眼金睛，决不会叫你骗过。"

佟忍安听出香莲的话带刺，便说：

"我头一眼也给蒙住了。原以为死物有真假，没料到活物也有真假。不过，假的再绝，也不如平平常常真的。"

香莲这是逼着佟忍安替自己说话。待佟忍安的话说完，就朝白金宝佟绍华挑起嘴角一笑，话却反着佟忍安说：

"老爷的话可得罪人家月中仙了。戏台上不论真假。戏里的人都是假的，管他脚假不假，唬住人就成！"

"这话在理，这话在理！"佟忍安忙应和着。请众人到厅里说话。

月中仙对戈香莲说："有请大少奶奶——"虽然不再用戏腔，声音还是女声女气。神气动作举手投足也都扭捏羞涩婀娜娇柔，活赛女的。

香莲见对方不是对手，来了兴头，一提气，与月中仙一同走上前厅。这几步，月中仙好比腾云驾雾，戈香莲竟如行云流水，步子又疾又稳，肩不动腰不动腿也不动，看不见哪儿动，只有裙子飘带子飞，好赛风里穿行，转眼一同站在前厅里。

月中仙拍着手说："大少奶奶真是名不虚传，这几步强我十倍！"他拍手时，翘着细白手指，只拿掌心拍，小闺女嘛样他嘛样。随后月中仙说他非要瞧瞧香莲的小脚不可。对着这半男半女不男不女的人，香莲也不觉羞了，亮出来给他瞧，他又拍手叫：

"我跑遍江南江北，敢说这脚顶到天了。少掌柜还叫我来镇镇您，倒叫您把我镇趴下了！"

香莲听罢一笑便了，也不去瞧佟绍华。只向月中仙要取那跷一看。月中仙这老大男人，屁股在椅子面儿上一转，腰一拧，头一歪，眼一斜，居然做出忸怩样子。然后两手手指摆出兰花样儿，解开跷上的丝带说：

"您要喜欢，就送您好了。"

香莲接过话顺口就说：

"不，送给我们二少奶奶吧，她看上这玩意儿了！"

这话一说，只听身后"哐当"一响，随着一片呼叫，尔雅娟叫声最尖。回头瞧，原来白金宝一口气闭过去，仰脸摔在地上。几个丫头又掰胳膊又折腿又弯脖子又推腰，绍华拿大拇指头死命掐白金宝鼻子下边的人中，直掐出血，才回过这口气来。

唯有香莲坐在那边动也不动，消消停停喝茶，看着窗外飞来飞去追来追去几个虫子玩儿。

第十一回　假到真时真即假

天没睁眼，地没睁眼，鬼市上的人都把眼珠子睁得贼亮。打赵家窑到墙子河边，这一片窝棚土铺篱笆灯小房中间，那些绕来绕去又绕回来的羊肠子道儿上，天天天亮前摆鬼市。最初都是喝破烂的，把喝来的旧衣破袄古瓶老钟烂鞋脏帽废书残画，缺这儿少那儿的日用杂物，拿大筐挑来卖。借着黑咕隆咚看不清，打马虎眼，以坏充好，有钱人谁也不来买这些烂货。可是，事情不能总一个样，话不该老这么说。渐渐有人拿来好货新货真货，却都是一手交钱，一手交东西。买卖一成，拨头便走，回头再找，互不认账。人称"把地干"。为嘛？因为干这行当大多是贼，偷到东西来销赃。胆大的敢卖，胆大的就敢买。也有些有钱人家的败家子，脸皮薄，不愿在当铺古玩铺旧货铺露面，就拿东西到这儿找个黑旮旯一站等买主。哪位要是懂眼，真能三子儿两子儿，买到上好的字画珠宝玉器瓷器首饰摆饰善本书孤本帖。这一看能耐，二看运气，两样碰一块儿，财能发炸了。

今儿，挤来挤去人群里，有个瘦老头子，缩头藏脸，也不打灯笼，眼珠子却在人缝里乱钻。忽然，赛过猫见耗子，撞开几个人一头扑过去。墙边，挨着个破担子，蜷腿蹲着一个男人，跟前地上铺块布，摆着一个白铜水烟袋，一个大漆描金梳妆匣儿，几卷绣花被腰子，还有三双小鞋，都是红布蓝布，双合脸，极窄极薄，鞋尖又短又尖赛乌鸦嘴，天津卫看不见这样的鞋。瘦老头子一把抓起来，翻过来掉过去一看，就喊：

"呀！鸦头履，苏北坤鞋！"

这男人瘪脑门鼓眼珠子，模样赛蛤蟆。仰脸瞅瞅这瘦老头子说："碰到内行，难得。您想要？"

瘦老头子两个膝盖"嘎巴"一响也蹲下来，低声说：

"全要！这儿压根也碰不上这鞋！"

这瘦老头子好怪。在鬼市买东西，碰上中意的也得装不懂不在意不中意，哪儿能见了宝似的！可更怪的是卖东西的蛤蟆脸男人，并不拿出卖东西的架势，也赛见了宝。问道：

"您好喜这玩意儿吧？"

"说的是。告我您这鞋哪儿弄来的？您是南边人？"

"您甭问，反正不是北边人。老实告您，我也好喜这玩意儿，可如今江南几省都闹着放脚，小鞋扔得到处都是，连庙里也是，河里还漂着……"

"造孽造孽！"瘦老头子连说两句，还不尽意，又加一句，"还不如把脚剁去呢！"沉一下把气压住便说，"您该逮这机会把各样小鞋赶紧收罗些，赶明儿说不定也是宝贝。"

"说得好，您真懂眼。听说，北边还不大时兴放脚？"

"闹也闹了，放脚的还不多，叫唤得却够凶，依我看这风剎不住，有今天没明天。"瘦老头子直叹气。

"是呵，我听说了，这才赶紧弄几麻袋南边的小鞋，到北边转转，料想能碰上像您这样有心人肯花钱存一些。我打算卖一些南边的，买一些北边的，说不定把天下小鞋凑全了呢！"这蛤蟆脸男人说，"我已然存了满满一屋子！"

"一屋子？"瘦老头子眼珠子唰唰冒光，"好呵，宝呵，你这次带来都是嘛样的？"

蛤蟆脸男人抿嘴一笑，打身后麻袋里掏出两双小鞋递给瘦老头子，也不说话，好赛要考考这瘦老头子的修行。

瘦老头子接过鞋一看，是旧鞋，底儿都踩薄了，可式样怪异之极。鞋帮挺高，好赛靴子高矮，前脸竖直，通体一码黑亮缎，贴近底墙圈一道绣花缎边。一双绣牡丹寿桃，花桃之间拿红线缝几个老钱在上头，这叫"富贵双全"。另一双绣松叶梅花竹枝，松托梅，梅映竹，竹衬松，这叫"岁寒三友"。再看木底和软底中间夹一片黄铜，打跟到尖，再打尖吐出来，朝上弯半个圈再伸向前，赛蛇出洞。瘦老头子说：

"这是古式晋鞋。"

蛤蟆脸男人一怔，跟手笑了：

"您真行！能看懂这鞋的人不多！"

"这鞋也卖？"

"货卖识家。别说价了，您给多少，我都拿着。"

这前后五双瘦老头全要，掏出五两给了。要说这些钱买五双银鞋也富裕。蛤蟆脸男人赶紧把银子掖进怀里，满脸带笑说道：

"说句老实话，这鞋现在三文不值二文。我不是图您钱，是打算拿它多买些北方小鞋带回去。您要是藏着各样北方小鞋，咱们换好了，省得动钱！"

"那更好！您还有嘛鞋？"

"老先生，您虽然见多识广，浙东八府的小鞋恐怕没见过吧！"

"打早听说浙东八府以小称奇，我二十年前见过一双宁波小脚，二寸四。可头两年见过京城一女子，小脚二寸二。那真叫小到家小到头啦！"

"那也比不过广州东莞小脚，二寸刚刚挂点零。一双小鞋，一抓全在手心里。还有福建漳州一种文公履，是个念书人琢磨出来的，奇绝！"

"嘛绝法？"

"竟然有股书卷气。有如小小一卷书。"

"好呵！你都有？带来了吗？"

"在旅店里。您要换，咱说好时候。"

急不如快，两人定准转天这时候在前边墙子河边一棵歪脖老柳树下边碰面。转天都按时到，换得十分如意，好赛互相送礼。又约第三天，互换之后，这瘦老头提着十多双小鞋穿过鬼市美滋滋乐呵呵往回走。走到一个拐角，都是些折腾碑帖字画古董玩器的。只见墙角站着一个矮人，头上卷檐小帽儿压着上眼皮，胳肢窝里夹一轴画，上边只露个青花瓷轴。

瘦老头子一看这瓷轴就知这画不一般。上去问价。

对方伸出右手，把食指中指叠在一起，翻两翻，只一个字儿："青。"

鬼市的规矩，说价递价给价要价还价争价，不说钱数，打手势用暗语。俗称"暗春"。一是肖，二是道，三是桃，四是福，五是乐，六是尊，七是贤，八是世，九是万，十是青。手势一翻加一倍。

对方这"青"字再加上手势一翻，要二十两。

瘦老头子说："嘛画这个价，我瞧瞧。"撂下半口袋小鞋，拿过画，只把画打开一小截，刚刚露出画上的款儿，忽一惊，问道："你是谁？"

这矮子一怔，拨头就跑。

瘦老头子本来几步赶去能追上，心怕半袋小鞋丢了，一停的当儿，矮子钻进小胡同没了。

瘦老头子叫道："唉，唉，抓……"

旁边一个大个子，黑乎乎看不清脸，影子赛口大钟，朝他压着粗嗓门说：

"咋呼嘛，碰上就认便宜，赶紧拿东西走吧，小心惹了别人，把你抢了，还挨揍！"

瘦老头子听见又没听见。

这天早上，佟忍安打外边遛早回来，就要到铺子去，满脸急相，不知道为嘛。门外备了马，他刚出门一味溜坐在台阶上，只说天转地转人转马转树转烟囱转，其实是他脑袋转。用人们赶忙扶他进屋坐在躺椅上。香莲见他脸色变了，神气也不对，叫他到里屋躺下来睡个觉。他不干，非要人赶紧到柜上去，叫佟绍华和活受马上来。还点了些画，叫活受打库里取出带来。过了很长时候，才见人来，却只是柜上一个姓邬的小伙计，说少掌柜不在柜上，活受闹喘，走不了道儿，叫他把画送来。佟忍安起不来身半躺半坐，叫人打开一幅幅看。先看一幅李复堂的兰草，看得直眨眼，说：

"我眼里是不是有眵目糊？"

香莲瞅瞅他眼珠，说：

"不见有呢，头昏眼花吧，回头再看好了！"

佟忍安摇手非接着看不可。小邬子又打开一幅，正是那幅大涤子山水幅。

平时佟忍安过画，顶多只看一半画，真假就能断出来。下一半不看就叫人卷上，这一是他能耐，二是派头。活受知道他这习惯，打画就打开一半，只要见他点头或摇头，立时卷起来。今儿要是活受来打画给他瞧，下边的事就没有了。偏偏小邬子唰地把画从头打到底儿。佟忍安立时呆了，眼珠子差点掉下来，身子向前一撅，叫着：

"下半幅是假的！"

"半幅假的，怎么会？别是您眼闹毛病吧！"香莲说。

"没毛病！这画，字儿是真，画是假的！"佟忍安指着画叫，声音扎耳朵。

香莲走上前瞧，上半幅给大段题跋诗款盖着，下半幅画的是山水。"这不奇了，难道换去下半幅，可中间没接缝呀！"香莲说。

"你哪儿懂？这叫'转山头'，是造假画的绝招。把画拿水泡了，沿着画山的山头撕开，另外临摹一幅假的，也照样泡了撕开。随后，拿真画上的字配假画上的画，接起来，成一幅；再拿假画上的字配真画上的画，又成一幅。一变二，哪幅画都有真有假，叫你看出假也不能说全假，里头也有真的。懂行拿它也没辙。可是……这手活没人懂得，牛五爷也未必知道。难道是我当初买画时错眼了……"

"您看画总看一半，没看下半幅呗！"

"那倒是……"佟忍安刚点头忽又叫，"不对，这幅画是头几年挂在铺子墙上看的！"说到这儿，也想到这儿，眼珠子射出的光赛箭。他对小邬子说，"你拿画到门口，举起来，透亮，我再瞧瞧！"

小邬子拿画到门口一举，外边的光把画照透，清清楚楚明明白白看出，画中腰沿着山头，有一道接口，果然给人作了假！佟忍安脑袋顶涨得通红，跟着再一叫："我明白了，刚才李复堂那幅也作了假的！"不等香莲问就说，"这是'揭二层'，把画上宣纸一层层揭开，一三层裱成一幅，二四层裱成一幅。也是一变二！虽然都是原画，神气全没了，要不我看它笔无气墨无光，总疑惑眼里有眵目糊呢！"

香莲听呆了！想不到世上造假也有这样绝顶的功夫。再看佟忍安那里不对劲了，一双手簌簌抖起来，长指甲在椅子扶手上，"得得得"磕得直响，眼神也滞了。

香莲怕他急出病来，忙说：

"干嘛上火，一两幅画不值当的！"

佟忍安愈抖愈厉害，手抖脚抖下巴抖声音也抖："你还糊涂着，铺子里没一幅真的了！我佟忍安卖一辈子假，到头自己也成假的了。一窝全是贼！"说到这儿，脑门青筋一蹦，眼珠子定住不动了。香莲见不好，心一慌，不知拿嘛话哄他。只见他脸一歪嘴一斜肩膀一偏，瘫椅子上了。

立时家里乱了套，你喊我我喊他，半天才想起去喊大夫。

香莲抹着泪说：

"谁叫您懂呢！我不懂真的假的，反不着这么大急。"

不会儿，大夫来了，说前厅有风，叫人把佟忍安抬到屋里治。

香莲定一定心。马上派小邬子去请少掌柜，并把活受叫来。小邬子去过一会儿就回来说，活受卷包跑了，佟绍华也不见了。香莲听罢好赛晴天打大雷，知道家里真出大事了！白金宝问嘛事。香莲只说："心里明白还来问我。"就带着桃儿坐轿子急急火火赶到铺子。

只见铺子里乱嘈嘈赛给抄过。两个小伙计哭着说："大少奶奶骂我们罚我们打我们都成，别怪我们不说，我们嘛都不知道呵！"香莲心想家那边还一团乱呢，就叫他们挑出真玩意儿锁起来，小伙计们哭丧脸说："我们不知哪个真哪个假。老掌柜少掌柜叫我们跟主顾说，全是真的。"香莲只好叫他们不管真假全都拣巴一堆封起来再说。

回到家，白金宝不知打哪儿听到佟绍华偷了家里东西跑了，正在屋里哭了叫叫了哭又哭又叫：

"挨千刀的，你这不是坑了老爷子，也坑我们娘仨吗……你准是跟哪个臭婊子胡做去了，你呀你呀你……"

香莲板着脸，叫桃儿传话给杏儿草儿，看住白金宝的屋子，不准她出来也不准人进去，更不准往里往外拿东西。白金宝见房门给人把守，哭得更凶，可不敢跟香莲闹。她不傻，绍华跑了，没人护她。她要闹，香莲能叫人把她捆上。

这时，佟忍安给大夫治得见缓，忽叫香莲。他虽然不知道家里家外到底出了嘛事，却赛全都明白。两眼闪着精光，软软的嘴里硬蹦出三个字儿：

"关……大……门！"

香莲点头说："好，马上就办。"赶紧传话吩咐家里人急急忙忙把两扇大门板吱吱呀呀一推，哐啷一声，紧闭上。

第十二回　闭眼了

佟忍安赛块稀泥瘫在床上，头也抬不动，后背严丝合缝压在床板上，醒不醒睡不睡，眼神赛做梦。说话一阵清楚一阵含糊。清楚时，看不见绍华就死追着问，大伙儿胡诌些理由糊弄他；糊涂时，没完没了没重样地数落着各类小脚的名目。城里苏金伞、妙手胡、关六、神医王十二、铁拐李、赛华佗、不望不切黄三爷、没病找病陆九爷……各大名医轮着请到，都说他大腿给阴间小鬼拉住，药力夺不回来。

这天，桃儿领着香莲的闺女莲心看爷爷。莲心进门就爬上床玩儿，忽然尖哭尖叫，桃儿只当莲心给爷爷半死不活样子吓着，谁料是小脚叫爷爷抓住。不知佟忍安哪儿来的劲，攥住拉不开。死脸居然透出活气，眼珠子冒光，嘴巴的死肉也抖动起来，呼呼喘气，一对鼻眼儿忽大忽小。桃儿不知老爷是要活过来还是要死过去，吓得喊叫。香莲闻声赶来，一见这情景脸色变得纸白，一把将莲心硬拉下来，骂桃儿：

"哪儿玩儿不好，偏到这儿来，快领走！"

桃儿赶快抱走莲心，佟忍安眼里一直冒光，人也赛醒了，后晌居然好好说话了，虽不成句，一个个字儿能听清。他对香莲说：

"下……一……辈……该……裹……脚……了！"

香莲沉一下，光点头没表情，静静说：

"我明白。"

佟忍安病倒之前，已经天天念叨这事。外边有的说放足有的说禁缠，闹得不安生。佟家下一代又都是闺女，莲心四岁，白金宝两个闺女，一个五岁，一个六岁，董秋蓉的闺女也六岁了。都该裹，只因为香莲说莲心还小，拖着压着，佟忍安表面不敢催香莲，放在心里总是事。这会儿再等不及，心事快成后事了。

佟忍安叫着：

"找……潘……妈……找……潘……妈。"

裹脚的事非潘妈不可。

可是自打赛脚那天，潘妈见香莲穿上当年佟家大奶奶的小红鞋，拨头回屋就绝少再出屋。除去几个丫头找她画鞋样，缝个帮儿纳个底儿糊个面儿，再有便是开门关门送猫出屋迎猫进屋，不知她在屋干些嘛事。偶尔在当院碰见香莲，谁不搭理谁。香莲现在佟家称王，唯独对潘妈客气三分，有好吃的好喝的不好买的，都叫丫头们送去。唯独自个儿不进潘妈屋。可以说，她压根就没进过潘妈屋。

这会儿，无论佟忍安怎么一遍遍说叫潘妈，香莲也不动劲，守在旁边坐。直到深更半夜，佟忍安不再叫，睁大眼眨眼皮，好赛听嘛，再一点点把手挪到靠床墙边，使劲抓墙板，不知要干嘛，忽然柜子那边咔咔连响，有人？香莲吓得站起身，眼瞅着护墙板活了，竟如同一扇门一点点推开，走进一个黑婆子，香莲差点叫出声来，一时这黑婆子也惊住，显然没料到她也在这屋里。这黑婆子正是潘妈！她怎么进来的？难道穿墙而入？她忽地大悟，原来这墙是个暗门，潘妈住在隔壁呀！这一下，香莲把佟家的事看到底儿，连底儿下边的也一清二楚三大白了！

无论嘛事，只要她一明白，心立时就静下来。她几年没正眼看潘妈，今儿一瞅大变模样，头发见白不见黑，脸上肉都没有，剩下皮包骨。皮一松褶子更多，满脸满了。只一双鼓眼珠子打黑眼窝里往外冒寒光。潘妈同香莲面对面站着怔着傻着瞪着，好半天。到底还是香莲更有内劲，先说话，她指着佟忍安对潘妈说：

"他有话跟你说。"

潘妈到床前站着等着。佟忍安说：

"预……备……好……明……天……裹，全裹！"

最后两个字儿居然并一起说出来的。

潘妈点点头，然后抬起眼皮望了香莲一眼，这一眼赛刀子，扎进香莲心口。香莲明白这一眼就是潘妈闷了几年来要说没说的话。随后潘妈扭身就走，却不走暗门，打房门出去。黑衣一身，立时化在夜里。

转天一早，香莲把全家人都叫到院里说道："老爷子发话了，今儿下晌，各房小闺女一齐裹脚，先预备预备去吧！"说完回自己屋。

各房，有的没声有的哭声有的说话声，都是低声低气。可快到晌午时候，桃儿忽然在当院大声叫喊莲心。香莲跑出房一问，莲心不见了！几个丫头和男用人房前屋后找，连山石眼里、灶膛里、鱼缸里、茅坑里、屋顶烟囱里都找了，也不见。香莲脸色变了，左右开弓，一连抽了桃儿十八个嘴巴，把桃儿左边一个虎牙打掉，嘴角直流血。桃儿不吭声不求饶掉着泪听着香莲尖吼：

"大门关着，人怎么没了？你吃啦，吃啦，你给我吐出来呀！"

哭得闹得叫得折腾得人都不赛人样。

莲心丢了，当天裹脚裹不成。佟忍安知道后说："等……等……一……块……裹！"那就一边等一边找。

家里没有就到外边找。左邻右舍，房前屋后，巷头巷尾，城里城外，河东水西，连西城外的人市都去了，也不见影儿。这一跑，才觉得天津城大得没边，人多得没数。把桃儿两只脚都跑肿了，还到处跑。有的说叫大仙糊弄去了，有的说叫拍花的拍走，卖给教堂的神父挖心掏肝剜眼珠子割舌头揪肠子揭耳朵膜做洋药去了。自打洋人在天津修教堂，老百姓天天揪着心，怕孩子被拐去做洋药。

桃儿当着众人给香莲跪下，两眼哭得赛红果儿。她说：

"莲心怕真丢了，我也没心思活了，您说叫我怎么死我就怎么死！"

香莲说不出话来。脸上的泪，一会儿湿一会儿干。

潘妈那边，早做好一二十副裹脚条子，染了各种颜色，晾在当院梅枝上，赛过节。几个小丫头看了都暗暗流泪说：

"莲心怪可怜的……"

香莲听了就到佟忍安屋里说：

"莲心回不来了，别等了，先裹吧！"

佟忍安半死的脸一抖，发狠说一个字：

"等！"

七天过去了，佟忍安熬不住顶不住，只一口气在嗓子眼里来回串。说话嘴里赛含热豆腐，咕噜咕噜谁也听不清，跟着只见嘴皮动，连声儿也没有。早晌大伙儿在前厅吃过饭，董秋蓉留下来对香莲说：

"嫂子，我看老爷子熬过初一熬不过十五了。说句难听的，就这两天的事啦，莲心丢了，我的心也赛撕成两半。可你当下是一家之主，总得打起精神来，该给老爷子筹办后事了。再有，趁老爷子糊涂，裹脚的事快点了了算了。"

香莲这才默默点头，吩咐人把前厅的桌子椅子柜子架子通通挪走，打扫净了，摆上灵床。白事用品样样租来，还派人去天后宫、财神殿和吕祖堂，备齐和尚老道尼姑喇嘛四棚经，跟手还请来棚铺，驴车马车牛车推车，运来木杆竹竿苇席木板黄布白布蓝布粗细麻绳，在二道院扎几座宽大阔绰的经棚……可这时外出去寻莲心的人还没逮着影儿，佟忍安又硬熬三天，人色都灰了，说死就死，抬上了灵床，可就不咽气，反倒两眼睁开，亮得赛玻璃珠子。杏儿说："你们看老爷眼珠子，别是要还阳吧！"香莲赶来瞧，这亮光发贼，贼得怕人。她心里明白，俯下头悄声对佟忍安说："莲心找到了，这就给孩子们裹上！"这话说过，佟忍安眼珠子的贼光立时没了，只是还瞪着。

香莲在桃儿耳边说了几句，叫桃儿马上去办。又叫杏儿去请潘妈赶紧预备裹脚家伙，再派珠儿草儿，分头到白金宝和董秋蓉房里去，快把孩子领到院里，这就开裹！

不会儿场面摆开。白金宝的两个闺女月兰和月桂，董秋蓉的闺女美子，都弄到院里，排一横排。杏儿珠儿草儿三个丫头，分管三个孩子，一切全叫潘妈指派。丫头们把盆儿壶儿剪儿布儿药瓶儿药罐儿各样物品往上一拿，孩子们全吓哭了。全赛死了人一样。

这场面直对前厅，前厅门大敞四开，便正对着厅内直挺挺躺在灵床上不闭眼的佟忍安。

香莲坐在一边瓷礅子上。桃儿守在身后。

潘妈还是一身黑，可这回打头到脚任嘛别的颜色没有。她走到各个孩子前，把鞋往下一揪，扔了，拿起脚儿前后左右上下里外全看过，放进温水盆泡上，赛要宰鸡。一边把裹法一一不同告诉杏儿珠儿草儿，再选出几双尖瘦短窄不同的鞋分发下来，跑到院当中，人一站眼一瞪手一摆哑嗓子叫一声：

"裹！"

几个丫头同时下手，把孩子们小脚丫打盆里捞出来就干。孩子们哇哇大哭，月桂抓着白金宝衣袖叫道：

"娘，我再不弄你的胭脂盒了，饶我这次吧！"

白金宝"啪"打她一巴掌说："这是你福气，死丫头！别人想裹还裹不成，留双大脚就绝你的根啦！"满院子人谁都明白这话是说给香莲听的。

香莲稳稳坐着，脸上看不出是气是恼，表情似淡似空，好赛天后宫的娘娘，总那个样儿。只听孩子哭大人叫，几个丫头手里裹脚条子唰唰唰响，还有潘妈哑嗓子死命喊："紧！紧！紧！"董秋蓉哭得比美子还厉害，却不出声，浑身抽成一个儿，前襟叫泪泡得赛泼半盆水。白金宝一滴泪没有，花似的小脸满是狠笑，时不时打杏儿珠儿手里抢过裹脚条子使劲勒一勒，看意思，这辈儿仇，要下辈儿报。

潘妈冲草儿叫：

"干嘛弄得她叽哇喊叫？"

草儿说：

"她指头硬，掰这个，那个就跷起来。"

潘妈骂道：

"死鬼！你掰第二个和最小一个指头，中间那个和第四个不用掰就带着弯下去了！"

草儿改了法儿，美子也不叫了。

香莲心想，潘妈真是地道行家。当初若不是她救自己，自己哪儿来的今天。不管后来的仇怨，总得记得人家过去的恩德才是。她便叫桃儿搬个瓷礅子过去。

桃儿把瓷礅子撂在潘妈身边说：

"大少奶奶叫您坐下来歇歇。"

谁料潘妈理也不理，只盯着几个孩子每一双脚。裹好后，上去一一查看。有的拿手握正，有的往弯处勒勒，有的往脚心压压，每只脚都得打内侧够得上脚尖才行。最后从头上摘下个篦子，一边是篦头发的齿儿，一边是三寸小尺，挨着个儿横量竖量直量斜量整个量分段量。量罢，冷冷说声："成啦！"眼也不瞅香莲，扭头回房去了。

香莲对桃儿悄悄说一句，桃儿去打香莲房里领出个小闺女，大伙儿全都一惊，以为莲心找到，脚也裹上穿着小鞋。待到近处看脸儿并不是，只穿戴都是莲心的。原来给莲心找的替身。这也叫白金宝小小虚惊一场。

香莲带着两个男用人走进灵堂，三人一左一右一上，托住佟忍安的头一抬，香莲说：

"看罢，中间那就是莲心，左边是月桂、月兰，另一边是美子，全裹上了！"

佟忍安本来好赛没了气儿，可这一下赛活了！眼珠子滴溜溜一扫，把这些孩子下边一横排裹成粽子似菱角似笋尖似小脚看过，立时唰唰冒光分外神采，就赛一对奇大珍珠。香莲知道这叫"回光返照"。没等跟左右用人说声"当心"，只见佟忍安大气一吐，直把嘴唇上的胡子吹立起来，眼珠子一翻，胸脯一拱，腿一蹬，完了。甫说香莲，两个男用人也怕了，手托不住，脑袋"哐当"一声落在床板上，赛个瓜掉在地上。眼睛没用人合，自己就闭上。脸皮再没有那种可怕灰色。润白润白，一片静，好比春天的湖面。

香莲大叫一声："老爷子，您可不能扔下我们一大家子孤儿寡母走啊！"又跺脚，又捶床边。满院子大人小孩也都连喊带叫大哭大闹，小孩哭得最凶，不知哭爷爷死还是哭自己小脚疼。香莲一声接一声喊着，"您太狠啦，您太狠啦……您叫我怎么办呀！"这声音带尖，往人耳朵里去可就不往死人耳朵里钻。

只有潘妈那里没动静，门闭着。大黑猫趴在墙头，下巴枕在爪子上，朝这边懒懒地看。

依照老祖宗传下的规矩，人死后停在灵堂，摆道场请和尚老道念经，超度亡魂，这叫累七作斋。作斋多少天自己定，一七是七天，二七十四天，三七二十一天，七七往上累。有钱人都尽劲往上累。这据说是道光五年，土城刘家死了老爷子，念经念到第三天，轮到一群尼姑念着细吹细打的姑子经。老爷子忽然翻身坐起，吓得家里守灵的人乱跑，姑子们都打棚子跳下来，扭了脚，以为老爷子诈尸了。只见老爷子伸出两条胳膊打个哈欠，揉揉眼，冲人们嚷："你们这是干嘛？唱大戏？我饿啦！"有胆大的上去一看，老爷子真的还了阳。那年头，假死的事常有。打那儿天津有钱人家作斋要作到七七四十九天，把人撂味儿了才入殓出殡下葬安坟。

佟家作斋已经入了七七。出大殡使的鸾驾黄亭伞盖魂轿鬼幡铭旌炉亭香亭影亭花亭纸人纸马金瓜玉杵朝天凳开道锣清道旗闹哀鼓红把血柳白把雪柳等，打大门口向两边摆满一条街，好赛一条街都开了铺子。倚在墙外边的拦路神开路鬼，足有三丈高，打墙头探进半个身子，戴高帽，披长发，耷拉八尺长的红舌头，吓得刚裹了脚赖在床上的小闺女们，不敢扒窗往外瞧。戈香莲、白金宝、董秋蓉三位少奶奶披麻穿孝，日夜轮班守在灵前。怪的是佟绍华一直没露面，多半跑远了不知信儿，要不正是打回来独掌佟家的好机会。白金宝盼他回来，戈香莲盼佟忍安还阳。无论谁如了愿，佟家大局就一大变。可是四十多天过去了，绍华影儿也不见，佟忍安脸都塌了，还了阳也是活鬼。派去给佟绍富尔雅娟送信的人，半道回来说，黄河淮河都发水截住过不去，再打白河出海绕过去也迟了。守灵的只是几个媳妇。这就招来许多人，非亲非友，乃至八竿子打不着的，没接到报丧帖子也来了，借着吊唁亡人来看三位少奶奶尤其大名鼎鼎戈香莲的小脚。平时常来的朋友反倒都没露面。这真是俗话说的，马上的朋友马下完，活时候的朋友死了算。香莲的心暗得很。

可嘛话也不能说死。出殡头一天，大门口小钟一敲，和尚鼓乐响起，来一位爷们，进门扑到灵前趴下就咚咚咚咚咚连叩五个头，人三鬼四，给死人向例叩四个，这人干嘛多叩一个头？香莲的心一下跳到嗓子眼儿，以为佟绍华抱愧奔丧来了。待这人仰起一张大肉脸，原来是牛凤章，哭丧脸咧大嘴说："佟大爷，您一辈子待我不薄，可我有两件亏心事对不住您。头件事把您坑了……这二件事您要知道也饶不了我，我没辙呀！您这……"说到这儿，只见香莲眼里射出一道光，比箭尖还尖，吓得他跳过下边这句话，停一下才说，"您变鬼可别来抓我呀！您看着我二十多年来事事依着您，我还有上下一大家子人指我养活呢！"说完哇哇大哭起来。

本来，香莲应该陪叩孝子头，完事让人家进棚子喝茶吃点心。可香莲说："别叫牛五爷太伤心了！"就派人把他硬送出门。好赛押走的，谁也不知为嘛。

牛凤章走后，天已晚，里里外外香烛灯笼全亮起来。明儿要出大殡，一大堆事正给香莲张罗着。忽然桃儿跑来大叫：

"不好，不好……"

香莲看桃儿脸上唰唰冒光，手指她身后，张嘴说不出话来，霎时间香莲恍恍惚惚糊糊涂涂真以为佟忍安诈尸或还阳了。回头一瞧，里院腾腾冒红光，这光把周围的东西，人脸，照得忽闪忽闪。是神是佛是仙是鬼是妖是魔是怪？只听一个人连着一个人叫起来：

"起火了——起火了——起火了——"

香莲随人奔到里院，只见西北边一间小屋打窗口往外蹿火。一条条大火苗，赛大长虫拧着身子往外钻，黑烟裹着大火星子打着滚儿冲出来。香莲一惊，是潘妈屋子！

幸好火没烧穿屋顶，没风火就没劲，不等近处水会锣起，家里人连念经来的和尚老道们七手八脚，端盆提桶，把火压灭。香莲给烟呛得眼珠子流泪，一边叫着：

"救人呀——把潘妈弄出来！"

几个男的脑袋上盖块湿布钻进屋，不一会儿又钻出来，不见抬出潘妈，问也不吭声，呛得不住咳嗽。那只大黑猫站在墙头，朝屋子死命地叫，叫声穿过耳朵往心里扎。香莲顾不得地上是水是灰是炭是火，踩进去，借灯笼光一照，潘妈抱着一团油布，已经烧死，人都打卷儿了。周围满地到处都是烧煳的绣花小鞋，足有几百双。那味儿勾人要吐，香莲胃一翻，赶紧走出来。

转天，佟忍安给六十四条杠抬着，一路浩浩荡荡震天撼地送到西关外大小园坟地入葬；潘妈给雇来的四个人打后门抬出去不声不响埋在南门外一块义地里。这义地是浙江同乡会买的，专埋无亲无故的孤魂。其实，不管怎么闹怎么埋都是活人干的事。

死人终归全进黄土。

第十三回　乱打一锅粥

当下该是宣统几年了？呀，怎么还宣统呢，宣统在龙椅上只坐三年就翻下来，大清年号也截了。这儿早是民国了。

五月初五这天，两女子死板着脸来到马家口的文明讲习所，站在门口朝里叫，要见陆所长。这两女子模样挺静，气挺冲，可看得出没气就没这么冲，叫得立时围了群人。所长笑呵呵走出来，身穿纺绸袍褂，大圆脑袋小平头，一副茶色小镜子，嘴唇上留八字胡。收拾得整齐油光，好赛拿毛笔一左一右撇上两笔。这可是时下地道的时髦绅士打扮。他一见这两女子先怔一怔，转转眼珠子，才说：

"二位小姐嘛事找我？"

两女子中高个儿的先说：

"听说你闹着放小脚，还演讲说要官府下令，不准小脚女子进城出城逛城？"

"不错。干嘛？怕了？我不过劝你们把那臭裹脚条子绕开扔了，有嘛难？"

周围一些坏小子听了就笑，拿这两女子找乐开心。陆所长见有人笑，得意地也笑起来。先微笑后小笑然后大笑，笑得脑袋直往后仰。

另一个矮个女子忽把两根油炸麻花递上去，叫陆所长接着。

"这要干嘛？"陆所长问。

矮女子嘿嘿笑两声说：

"叫你把它拧开，抻直。"

"奇了，拧开它干嘛？再说麻花拧成这样，哪儿还能抻直？你吃撑了还是拿我来找乐子？"

"你有嘛乐子？既然抻不直它，放了脚，脚能直？"

陆所长干瞪眼，没话。周围看热闹的都是闲人，哪边风硬帮哪边哄，一见这矮女子挺绝，就朝陆所长哈哈笑。高女子见对方被难住，又压上两句：

"回去问好你娘，再出来卖嘴皮子！小脚好不好，且不说，反正你是小脚女人生的。你敢说你是大脚女人生的？"

这几句算把陆所长钉在这儿。嘴唇上的八字胡赛只大黑蝴蝶呼扇呼扇。那些坏小子哄得更起劲，嘛难听的话都扔出来。两女子"叭"地把油炸麻花摔在他面前，拨头便走。打海大道贴着城墙根进城回家，到前厅就把这事诉戈香莲，以为香莲准会开心，可香莲没露笑容，好赛家里又生出别的事来。摆摆手，叫杏儿珠儿先回屋去。

桃儿进来，香莲问她：

"打听明白了？"

桃儿把门掩了，压低声说：

"全明白了。美子说，昨晚，二少奶奶去她们房里，约四少奶奶到文明讲习所听演讲。但没说哪天，还没去。"

"你说她会去？"香莲秀眉一挑。这使她心里一惊。

"依我瞧……"桃儿把眼珠子挪到眼角寻思一下说，"我瞧会。四少奶奶的脚吃不开，脚不行才琢磨放。美子说，早几个月夜里，四少奶奶就不给她裹了，四少奶奶自己也不裹，松着脚睡。这都是二少奶奶撺掇的！"

"还有嘛？"香莲说。雪白小脸涨得发红。

"今早晌……"

"甭说啦！不就是二少奶奶没裹脚拖拉着睡鞋在廊子上走来走去？我全瞧见了，这就是做给我看的！"

桃儿见香莲嘴巴赛火柿子了，不敢再往下说。香莲偏要再问：

"月兰月桂呢？"

"……"桃儿的话含在嘴里。

"说，甭怕，我不说是你告我的。"

"杏儿说，她姐俩这些天总出去，带些劝说放脚的揭帖回来。杏儿珠儿草儿她们全瞧见过。听说月兰还打算去信教，不知打哪儿弄来一本洋佛经。"

戈香莲脸又"唰"地变得雪白，狠狠说一句："这都是朝我来的！"猛站起身，袖子差点把茶几上的杯子扫下来。吓桃儿一跳。跟手指着门外对桃儿说，"你给我传话——全家人这就到当院来！"

桃儿传话下去，不会儿全家人在当院会齐了。这时候，月兰月桂美子都是大姑娘，加上丫头用人，高高站了一片。香莲板着脸说："近些日子，外边不肃静，咱家也不肃静。"刚说这两句就朝月兰下手，说道："你把打外边弄来的劝放脚的帖子都拿来，一样不能少，少一样我也知道！"香莲怕话说多，有人心里先防备，索性单刀直入，不给招架的空儿。

白金宝见情形不妙，想替闺女挡一挡。月兰胆小，再给大娘拿话一蒙，立时乖乖回屋拿了来，总共几张揭帖一个小本子。一张揭帖是《劝放足歌》，另一张也是《放足歌》，是头几年严修给家中女塾编的，大街上早有人唱过。再一张是早在大清光绪二十八年四川总督发的《劝戒缠足示谕》，更早就见过。新鲜实用厉害要命的倒是那小本子，叫作《劝放脚图》。每篇上有字有画，写着"缠脚原委""各国脚样""缠脚痛苦""缠脚害处""缠脚造孽""放脚缘故""放脚益处""放脚立法""放脚快活"等几十篇。香莲唰唰翻看，看得月兰心里小鼓嘣嘣响，只等大娘发大火，没想到香莲沉得住气，再逼自己一步：

"还有那本打教堂里弄来的洋佛经呢？"

月兰傻了，真以为大娘一直跟在自己身后边，要不打哪儿知道的？月桂可比姐姐机灵多了，接过话就说：

"那是街上人给的，不要钱，我们就顺手拿一本夹鞋样子。"

香莲瞧也不瞧月桂，盯住月兰说：

"去拿来！"

月兰拿来。厚厚一本洋书，皮面银口，翻开里边真夹了几片鞋样子。香莲把鞋样抽出来，书交给桃儿，并没发火，说起话心平气和，听起来句句字字都赛打雷：

"市面上放足的风刮得厉害，可咱佟家有咱佟家的规矩。俗话说，国有国规，家有家法，不能错半点。人要没主见，就跟着风儿转！咱佟家的规矩我早说破嘴皮子，不拿心记只拿耳朵也背下来了。今儿咱再说一遍，我可就说这一遍了，记住了——谁要错了规矩我就找谁可不怪我。总共四条，头一条，谁要放足谁就给我滚出门！第二条，谁要谈放足谁就给我滚出门！第三条，谁要拿、看、藏、传这些淫书淫画谁就给我滚出门！第四条，谁要是偷偷放脚，不管白天夜里，叫我知道立时轰出门！这不是跟我作对，这是成心毁咱佟家！"

最后这三两句话说得董秋蓉和美子脸发热脖子发凉腿发软脚发麻，想把脚缩到裙子里却动不了劲。香莲叫桃儿杏儿几个，把那些帖儿画儿本儿拣巴一堆儿，在砖地上点火烧了，谁也不准走开，都得看着烧。洋佛经有硬皮，赛块砖，不起火。还是桃儿有办法，立起来，好比扇子那样打开，纸中间有空，忽忽一阵火，很快成灰儿，正这时突然来股风"噗"一下把灰吹起来，然后纷纷扬扬，飞上树头屋顶，眨眼工夫没了，地上一点痕迹也没有。好好的天，哪儿来这股风。一下过去再没风了。杏儿吐着舌头说：

"别是老爷的魂儿来收走的吧！"

大伙儿张嘴干瞪眼浑身鸡皮疙瘩头发根发炸，都赛木头棍子戳在那里。

这一来，家里给镇住，静了，可外边不静。墙里边不热闹墙外边正热闹。几位少奶奶不出门，姑娘丫头少不得出去。可月兰月桂美子杏儿珠儿草儿学精了，出门回来嘴上赛塞了塞子，嘛也不说，一问就拨楞脑袋。嘴愈不说心里愈有事。人前不说人后说，明着不说暗着说，私下各种消息，都打桃儿那儿传到香莲耳朵里。香莲本想发火，脑子一转又想，家里除去桃儿没人跟自己说真话，自己不出门外边的事全不知道，再发火，桃儿那条线断了，不单家里的事儿摸不着底儿，外边的事儿更摸不到门儿。必得换法子，假装全不知道，暗中支起耳朵来听。这可就愈听愈乱愈凶愈热闹愈糊涂愈揪心愈没辙愈没底愈没根。傻了！

据外边传言，官府要废除小脚，立"小足捐"，说打六月一号，凡是女人脚小三寸，每天收捐五十文，每长一寸，减少十文，够上六寸，免收捐。这么办不单禁了小脚，国家还白得一大笔捐钱，一举两得，一箭双雕。听说近儿就挨户查女人小脚立捐册。这消息要是真的就等于把小脚女人赶尽杀绝。立时小脚女人躲在家担惊受怕，有的埋金子埋银子埋首饰埋铜板，打算远逃。可跟着又听说，立小足捐这馊主意是个浑蛋官儿出的。他穷极无聊，晚上玩小脚时，忽然冒出这个法儿，好捞钱。其实官府向例反对天足。相反已经对那些不肯缠脚中了邪的女人立法，交由各局警署究办。总共三条：一、只要天足女人走在街上，马上抓进警署；二、在警署内建立缠足所，备有西洋削足器和裹脚布，自愿裹脚的免费使用裹脚布，硬不肯裹脚的，拿西洋削足器削掉脚指头；三、凡又哭又闹死磨硬泡耍浑耍赖的，除去强迫裹脚外，假若闺女，一年以上三年以下，不得嫁人，假若妇人，两年以上，五年以下，不得与丈夫同床共枕，违抗者关进牢里，按处罚期限专人看管。这说法一传，开了锅似的市面，就赛浇下一大瓢冷水霎时间静下来。

香莲听罢才放下心。没等这口气缓过来，事就来了。这天，有两个穿靠纱袍子的男人，哐哐用劲叩门，进门自称是警署派来的检查员，查验小脚女人放没放脚。正好月兰在门洞里，这两个男子把手中折扇往后脖领上一插，掏把小尺蹲下来量月兰小脚，量着量着借机就捏弄起来，吓得月兰尖叫，又不敢跑。月桂瞧见，躲在影壁后头，捂着嘴装男人粗嗓门狂喝一声：

"抓他俩见官去！"

这两个男人放开月兰拔腿就跑。人跑了，月兰还站在那儿哭，家里人赶来一边安慰月兰一边议论这事，说这检查员准是冒牌的，说不定是莲癖，借着查小脚玩小脚。佟家脚太出名太招风，不然不会找上门来。

香莲叫人把大门关严，进出全走后门。于是大门前就一天赛过一天热闹起来。风俗讲习所的人跑到大门对面拿板子席子杆子搭起一座演讲台，几个人轮番上台讲演，就数那位陆所长嗓门高卖力气，扯脖子对着大门喊，声音好赛不是打墙头上飞过，是穿墙壁进来的。香莲坐在厅里，一字一句都听得清楚：

"各位父老乡亲同胞姐妹听了！世上的东西，都有种自然生长的天性。如果是棵树长着长着忽然不长了，人人觉得可惜。如果有人拿绳子把树缠住，不叫它长，人人都得骂这人！可为嘛自己的脚缠着，不叫它长，还不当事？哪个父母不爱女儿？女儿害点病，受点伤，父母就慌神，为嘛缠脚一事却要除外？要说缠脚苦，比闹病苦得多。各位婆婆婶子大姑小姑哪个没尝过？我不必形容，也不忍形容。怪不得洋人说咱中国的父母都是熊心虎心豹心铁打的心！有人说脚大不好嫁，这是为了满足老爷们的爱好。男人是人，女人也是人。为了男人喜欢好玩儿，咱姐妹打四五岁起，早也缠晚也缠，天天缠一直到死也得缠着走！跑不了走不快，连小鸡小鸭也追不上。夏天沤得发臭！冬天冻得长疮！削脚垫！挑鸡眼！苦到头啦！打今儿起，谁要非小脚不娶，就叫他打一辈子光棍，绝后！"

随着这"绝后"两字，顿起一片叫好声呼喊声笑声骂声冲进墙来，里边还有许多女人声音。那姓陆的显然上了兴，嗓门给上劲，更足：

"各位父老乡亲同胞姐妹，天天听洋人说咱中国软弱，骂咱中国糊涂荒唐窝囊废物，人多没用，一天天欺侮起咱们来。细一琢磨，跟缠脚还有好大关系！世上除去男的就女的，女人裹脚待在家，出头露面只靠男人。社会上好多细心事，比方农医制造，女人干准能胜过男人。在海外女人跟男人一样出门做事。可咱们女人给拴在家，国家人手就少一半。再说，女人缠脚害了体格，生育的孩子就不健壮。国家赛大厦，老百姓都是根根柱子块块砖。土本不坚，大厦何固？如今都嚷嚷要国家强起来，百姓就要先强起来，小脚就非废除不可！有人说，放脚，天足，是学洋人，反祖宗。岂不知尧舜禹汤、文武周公、孔圣人时候，哪儿有缠脚的？众位都读过《孝经》，上边有句话谁都知道，那就是'身体发肤，受之父母，不敢毁伤'，可小脚都毁成嘛德行啦？缠脚才是反祖宗！"

这陆所长的话，真是八面攻，八面守，说得香莲两手冰凉，六神无主，脚没根心没底儿。正这时忽有人在旁边说：

"大娘，他说得倒挺哏，是吧！"

一怔，一瞧，却是白金宝的小闺女月桂笑嘻嘻望着自己。再瞧，再怔，自己竟站在墙根下边斜着身儿朝外听。自己嘛时候打前厅走到这儿的，竟然不知道不觉得，好赛梦游。一明白过来，就先冲月桂骂道：

"滚回屋！这污言秽语的，不脏了你耳朵！"

月桂吓得赶紧回房。

骂走月桂，却骂不走风俗讲习所的人，这伙人没完没了没早没晚没间没断没轻没重天天闹。渐渐演讲不光陆所长几个了，嘛嗓门都有，还有女人上台哭诉缠脚种种苦处。据说来了一队"女子暗杀团"，人人头箍红布，腰扎红带，手握一柄红穗匕首，都是大脚丫子都穿大红布鞋，在佟家门前逛来逛去。还拿匕首在地上画上十字往上啐唾沫，不知是嘛咒语。香莲说别信这妖言，可就有人公然拿手"啪啪啪啪"拍大门，愈闹愈凶愈邪，隔墙头往里扔砖头土块，稀里哗啦把前院的花盆瓷桌玻璃窗金鱼缸，不是砸裂就是砸碎。一尺多长大鱼打裂口游出来，在地上又翻又跳又蹦，只好撂在面盆米缸里养，可它们在大缸里活惯，换地方不适应，没两天，这些快长成精的鱼王，都把大鼓肚子朝上浮出水来，翻白，玩完。

香莲气极恨极，乱了步子，来一招顾头不顾尾的。派几个用人，打后门出去，趁夜深人静点火把风俗讲习所的棚子烧了。但是，大火一起，水会串锣一响，香莲忽觉事情闹大。自己向例沉得住气，这次为嘛这么冒失？她担心讲习所的人踹门进来砸了她家。就叫人关门上闩，吹灯熄灯上床，别出声音。等到外边火灭人散，也不见有人来闹，方才暗自庆幸，巡夜的小邬子忽然大叫捉贼。桃儿陪着香莲去看，原来后门开着，门闩扔在一边，肯定有贼，也吓得叫喊起来。全家人又都起来，灯影也晃，人影也晃，你撞我我撞你，没找到贼，白金宝突然号啕大哭起来，原来月桂没了。月桂要是真丢，就真要白金宝命了。

当年，"养古斋"被家贼掏空，佟绍华和活受跑掉，再没半点信息。香莲一直揪着心，怕佟绍华回来翻天，佛爷保佑她，绍华再没露面，说怪也怪，难道他死在外边？乔六桥说，多半到上海胡混去了。他打家里弄走那些东西那些钱，一辈子扔着玩儿也扔不完。这家已经是空架子，回来反叫白金宝拴住。这话听起来有理。一年后，有人说在西沽，一个打大雁的猎户废了不要的草棚子里，发现一具男尸。香莲心一动，派人去看，人脸早成干饼子，却认出衣服当真是佟绍华的。香莲报了官，官府验尸验出脑袋骨上有两道硬砍的裂痕。众人一议，八成十成是活受下手，干掉他，财物独吞跑了。天大的能人也不会料到，佟家几辈子家业，最后落到这个不起眼的小残废人身上。这世上，开头结尾常常不是一出戏。

白金宝也成了寡妇，底气一下子泄了，整天没精打采。人没神，马上见老。两个闺女长大后，渐渐听闺女的了。人小听老的，人老听小的，这是常规。月兰软，月桂强，月桂成了这房头的主心骨，无论是事不是事，都得看月桂点头或摇头。月桂一丢，白金宝站都站不住，趴在地上哭。香莲头次口气软话也软，说道：

"我就一个丢了，你丢一个还有一个，总比我强。再说家里还这么多人，有事靠大伙儿吧！"

说完扭身走了。几个丫头看见大少奶奶眼珠子赛两个水滴儿直颤悠，没错又想起莲心。

大伙儿商量，天一亮，分两拨人，一拨找月桂一拨去报官。可是天刚亮，外边一阵砖头雨飞进来，落到当院和屋顶，有些半头砖好比下大雹子，砸得瓦片噼里啪啦往下掉。原来讲习所的人见台子烧了，猜准是佟家人干的。闹着把佟家也烧了，小脚全废了。隔墙火把拖着一溜溜黑烟落到院里，还咚咚撞大门，声音赛过打大雷。吓得一家子小脚女人打头到脚哆嗦成一个儿。到晌午，人没闯进来，外边还聚着大堆人又喊又骂，还有小孩子们没完没了唱道：

"放小脚，放小脚，小脚女人不能跑！"

香莲紧闭小嘴，半句话不说，在前厅静静坐了一上午。中晌过后，面容忽然舒展开，把全家人召集来说：

"人活着，一是为个理，二是为口气。咱佟家占着理，就不能丧气，还得争气。不争气还不如死了肃静。他们不是说小脚不好，咱给他们亮个样儿。我想出个辙来——哎，桃儿，你和杏儿去把各种鞋料各种家伙全搬到这儿来，咱改改样子，叫他们新鲜新鲜。给天下小脚女子坐劲！"

几个丫头备齐鞋料家伙。香莲铺纸拿笔画个样儿，叫大伙儿照样做。这家人造鞋的能耐都跟潘妈学的，全是行家里手。无论嘛新样，一点就透。香莲这鞋要紧是改了鞋口。小鞋向例尖口，她改成圆口，打尖头反合脸到脚面，挖出二三分宽的圆儿，前头安个绣花小鸟头，鸟嘴叼小金豆或坠下一溜串珠。再一个要紧的是两边鞋帮缝上五彩流苏穗子，兜到鞋跟。大伙儿忙了大半日，各自做好穿上，低头瞧，从来没见过自己小脚这么招人爱，翻一翻新，提一提神，都高兴得直叫唤。

桃儿把一对绣花小雀头拿给香莲，叫她安在鞋尖上。

香莲说："大伙儿快来瞧！"拿给大伙儿看。

初看赛活的，再看一根毛是一根丝线，少数几千根毛，就得几千根丝线几千针，颜色更是千变万化，看得眼珠子快掉出来还不够使的。

"你嘛时候绣的？"香莲问。

桃儿笑道：

"这是我压箱底儿的东西。绣了整整一百天。当年老爷就是看到我这对小鸟头才叫我进这门的。"

香莲点头没吭声。心里还是服气佟忍安的眼力。

"桃儿，你这两下子赶明儿也教教我吧！"美子说。

桃儿没吭声，笑眯眯瞅她一眼，拿起一根银白丝线，捏在食指和大拇指中间一捻，立时捻成几十股，每股都细得赛过蜘蛛丝，她只抽出其中一根，其余全扔了。再打坠在胸前的荷包上摘一根小如牛毛的针儿，根本看不见针眼。桃儿翘翘的兰花指捏着小针，手腕微微一抖，丝线就穿上，递给美子说：

"拿好了。"

美子只觉自己两只手又大又粗又硬又不听使唤，叫着："看不见针在哪儿线在哪儿。"一捏没捏着，"哦，掉了？"

桃儿打地上拾起来再给她。她没捏住又掉了。这下不单美子，谁也没见针线在哪儿。桃儿两指在美子的裙子上一捏，没见丝线，却见牛毛小针坠在手指下边半尺的地方闪闪晃着。

"今儿才知道桃儿有这能耐。我这辈子也甭想学会！"美子说。又羡慕又赞美又自愧又懊丧，直摇头，咂嘴。

众人全笑了。

这当儿，香莲已经把绣花雀头安在自己鞋上。鞋尖一动，鸟头一扬，五光十色一闪。

丢了闺女闷闷不乐的白金宝，也忍不住说：

"这下真能叫那些人看傻了眼！"

董秋蓉说："就是这圆口……看上去有点怪赛的。"刚说到这儿马上打住，她怕香莲不高兴，便装出笑脸来对着香莲。

桃儿说：

"四少奶奶这话差了。如今总是老样子甭想过得去，换新样还没准成。再说，改了样儿还是小脚，也不是大脚呀。"

桃儿虽是丫头，当下地位并不在董秋蓉之下。谁都知道她在当年香莲赛脚夺魁时立了大功，香莲那身绣服就是桃儿精心做的，眼下又是香莲眼线心腹，白金宝也怵她一头。说话口气不觉直了些，可她的话在理，众人都说对，香莲也点头表示正合自己心意。

转天大早，外边正热闹，佟家一家人换好新式小鞋，要出门示威。董秋蓉说："我心跳到嗓子眼儿了。"她拿美子的手按着自己心口。

美子另只手拿起杏儿的手，按在她自己胸口上。杏儿吐舌头说：

"快要蹦出来啦！"

美子说：

"哟，我娘的心不跳了！"

一下吓得董秋蓉脸刷白，以为自己死了。

香莲把脸一绷说："当年十二寡妇征西，今儿咱们虽然只三个，门外也没有十万胡兵！小邬子，大门打开！"这话说得赛去拼死。众人给这话狠狠捅一家伙，劲儿反都激起来。想想这些天就赛给黄鼠狼憋在笼里的鸡，不能动弹不能出声，窝囊透了。拼死也是拼命呗。想到这儿，一时反倒没一个怕的了。

外边，一群人正往大门扔泥团子，门板上粘满泥疙瘩，谁也不信佟家人敢出来。可是大门"哗啦"一声大敞四开，门外人反吓得往后退，胆小的撒丫子就跑。只见香莲带领一群穿花戴艳的女人神气十足走出门来。这下事出意外，竟没人哄闹，却听有人叫："瞧小脚，快瞧佟家的小脚，多俊！多俊呀！"所有人禁不住把眼珠子都撂在她们小脚上。

这脚丫子一看官傻，妇人闺女们看了更傻。香莲早嘱咐好，今儿上街走道，两只鞋不能总藏着，时不时亮它一亮。每一亮脚，都得把鞋口露一下，好叫人们看出新奇之处。迈步时，脚脖子给上劲，一甩一甩，要把钉在鞋帮上的穗子甩起来。佟家女人就全拿出来多年的修行和真能耐真本事真功夫，一步三扭，肩扭腰扭屁股扭，跟手脚脖子一扬，鞋帮上的五彩穗子唰唰飘起，真赛五色金鱼在裙底游来游去。每一亮脚，都引来一片惊叹傻叫。没人再敢起哄甚至想到起哄。一些小闺女跟在旁边走着瞧，瞧得清也瞧不清，恨不得把眼珠子扔到那些裙子下边去瞧。

香莲见把人们胃口吊起，马上带头折返回家，跨进门槛就把大门"哐"地关上，声音贼响，赛是给外边人当头一闷棍。一个不剩全蒙了，有的眼不眨劲不动气不喘，活的赛死的了。

这一下佟家人翻过身来。惹起全城人对小脚的重新喜爱。心灵手巧的闺女媳妇们照着那天所见的样子做了鞋，穿出来在大街上显示，跟手有人再学，立时这鞋成时髦。认真的人便到佟家敲门打听鞋样。香莲早算到这步棋，叫全家人描了许多鞋样预备好，人要就给。有人问：

"这叫嘛鞋？"

鞋本无名。桃儿看到这圆圆的鞋口，顺嘴说：

"月亮门。"

"鞋帮上的穗子叫嘛？"

"月亮胡子呗！"

一时，月亮门和月亮胡子踏遍全城。据一些来要鞋样子的女人说，混星子头小尊王五的老婆是小脚，前些天在东门外叫风俗讲习所的人拦住一通辱骂，惹火王五带人把讲习所端了。不管这话真假，反正陆所长不再来门口讲演，也没人再来捣乱闹事。香莲占上风却并不缓手，在配色使料出样上帮粘底钉带安鼻内里外面前尖后跟挖口缘墙，没一处没用尽心思费尽心血，新样子一样代替一样压过一样，冲底鞋网子鞋鸦头鞋凤头鞋弯弓鞋新月鞋，后来拿出一种更新奇的鞋样又一震，这鞋把圆口改回为尖口，但去掉"裹足面"那块布，合脸以上拿白线织网，交织花样费尽心思，有象眼样纬线样万字样凤尾样橄榄样老钱样连环套圈样祥云无边样，极是美观。更妙的是底子，不用木头，改用袼褙，十几层纳在一块儿，做成通底。再拿洱茶涂底墙，烙铁一熨成棕色，赛皮底却比皮底还轻还薄还软还舒服。勾得大闺女小媳妇们爱得入迷爱得发狂。香莲叫家里人赶着做，天天放在门口给人们看着学着去做，鞋名因那象眼图案便叫作"万象更新鞋"，极合一时潮流，名声又灌满天津卫。连时髦人、文明人也愿意拿嘴说一说这名字——万象更新。爱鞋更爱脚，反小脚的腔调不知不觉就软下来低下来。

这天，乔六桥来佟家串门。十年过去，老了许多，上下牙都缺着，张嘴几个小黑洞。脸皮干得发光没色，辫子细得赛小猪尾巴了。佟忍安过世后他不大来，这阵子一闹更不见了。今儿坐下来就说：

"原来你还不知道，讲习所那陆所长就是陆达夫陆四爷！"

香莲"呀"一声，惊得半天才说出话来：

"我哪里认出来，还是公公活着时随你们来过几趟，如今辫子剪了，留胡儿，戴镜子，更看不出，经您这么一说，倒真像，声音也像……可是我跟他无冤无仇，干嘛他朝我来？"

"树大招风。天津卫谁不知佟家脚，谁不知佟大少奶奶的脚。人家是文明派，反小脚不反你反谁去？反个不出名的婆子有嘛劲！"乔六桥咧嘴笑了。一笑还是那轻狂样儿。

"这奇了，他不是好喜小脚吗？怎么又反？别人不知他的底吧，下次叫我撞上，就揭他老底给众人看。"香莲气哼哼说。

"那倒不必，他已然叫风俗讲习所的人轰出来了！"

"为嘛？"香莲问，"您别总叫我糊涂着好不好？"

"你听着呵，我今儿要告你自然全告你。据说陆四爷每天晚上到所里写讲稿，所里有人见他每次手里都提个小皮箱，写稿前，关上门，打开小皮箱拿鼻子赛狗似的一通闻。这是别人打门缝里瞧见的，不知是嘛东西。有天趁他不在，撬门进去打开皮箱，以为是上好的鼻烟香粉或嘛新奇的洋玩意儿，一瞧——你猜是嘛？"

"嘛？"

乔六桥哈哈大笑，满脸褶子全出来了：

"是一箱子绣花小鞋！原来他提笔前必得闻闻莲瓣味儿，提起精神，文思才来。您说陆四爷怪不怪？闻小鞋，反小脚，也算天下奇闻。所里人火了，正巧您的月亮门再一闹，讲习所吃不住劲，起了内讧，把他连那箱子小鞋全扔出来。这话不知掺多少水分，反正我一直没见到他。"

香莲听罢，脸上的惊奇反不见了。她说：

"这事，我信。"

"您为嘛信呢？"

"您要是我，您也会信。"

乔六桥给香莲说得半懂不懂似懂非懂。他本是好事人，好事人凡事都好奇。但如今他年岁不同，常常心里想问，嘴懒了。

香莲对他说：

"您常在外边跑，我拜托您一件事。替我打听打听月桂有没有下落。"

四天后，乔六桥来送信说："甭再找了！"

"死了？"香莲吓一跳。

"怎么死，活得可好。不过您决不会再认这个侄女！"

"偷嫁了洋人？"

"不不，加入了天足会。"

"嘛，天足会，哪儿又来个天足会？"

她心一紧，怕今后不会再有肃静的一天了。

第十四回 缠放缠放缠放缠

半年里，香莲赛老了十岁！

天天梳头，都篦下小半把头发，脑门渐渐见宽，嘴巴肉往下耷拉脸也显长了，眼皮多几圈褶子，总带着乏劲。这都是给天足会干的。

虽说头年冬天，革命党谋反不成，各党各会纷纷散了，唯独天足会没散，可谁也不知它会址安在哪儿。有的说在紫竹林意国租界，有的说就在中街戈登堂里，尽管租界离城池不过四五里地，香莲从没去过，便把天足会想象得跟教堂那样一座尖顶大楼。一群撒野的娘儿们光大脚丫子在里头打闹演讲聊大天骂小脚立大顶翻跟头，跟洋人睡觉，叫洋人玩大脚，还凑一堆儿，琢磨出各种歹毒法子对付她。她家门口，不时给糊上红纸黄纸白纸写的标语。上边写道：

"叫女子缠足的家长，狠如毒蛇猛兽！"

"不肯放足的女子，是甘当男子玩物！"

"娶小脚女子为妻的男子，是时代叛徒！"

"扔去裹脚布，挺身站起来！"

署名大多是"天足会"，也有写着"放足会"。不知天足会和放足会是一码事还是两码事。月桂究竟在哪个会里头？白金宝想闺女想得厉害，就偷偷跑到门口，眼瞅着标语上"天足会"三个字发呆发怔，一站半天。这事儿也没跑出香莲眼睛耳朵，香莲放在心里装不知道就是了。

这时，东西南北四个城门，鼓楼，海大道，官南官北官银号，各个寺庙，大小教堂，男女学堂，比方师范学堂，工艺学堂，高等女学堂，女子小学堂，如意庵官立中学堂，这些门前道边街头巷尾旗杆灯柱下边，都摆个大箩筐，上贴黄纸，写"放脚好得自由"六个字。真有人把小鞋裹脚布扔在筐里。可没放几天，就叫人偷偷劈了烧了抛进河里或扣起来。教堂和学堂前的筐没人敢动，居然半下子小鞋。布的绸的麻的纱的绫的缎的花的素的尖的肥的新的旧的破的嘛样的都有。这一来，就能见到放脚的女人当街走。有人骂有人笑有人瞧新鲜也有人羡慕，悄悄松开自己脚布试试。放脚的女人，乍一松开，脚底赛断了根，走起来前跌后仰东倒西歪左扶右摸，坏小子们就叫："看呀，高跷会来了！"

一天有个老婆子居然放了脚，打北门晃晃悠悠走进城。有人骂她："老不死的！小闺女不懂事，你都快活成精了也不懂人事！"还有些孩子跟在后边叫，说她屁股上趴个蝎子，吓得这老婆子撒腿就跑，可没出去两步就趴在地上。

要是依照过去，大脚闺女上街就挨骂，走路总把脚往裙边裤脚里藏。现在不怕了，索性把裤腰提起来裤腿扎起来，亮出大脚，显出生气，走起路，噔噔噔，健步如飞。小脚女人只能干瞪眼瞧。反挤得一些小脚女人想法缝双大鞋，套在小鞋外边，前后左右塞上棉花烂布，假充大脚。有些洋学堂的女学生，找鞋铺特制一种西洋高跟皮鞋，大小四五寸，前头尖，后跟高。皮子硬，套在脚上有紧绷劲儿，跟裹脚差不多，走路毫不摇晃，虽然还是小脚，却不算裹脚，倒赢得摩登女子美名。这法儿在当时算是最绝最妙最省力最见效最落好的。

正经小脚女人在外边，只要和她们相遇，必定赛仇人一样，互相开骂。小脚骂大脚"大瓦片""仙人掌""大驴脸""黄瓜种子""大抹子"，大脚骂小脚"馊粽子""臭蹄子""狗不理包子"，骂到上火时，对着啐唾沫。引得路人闲人看乐找乐。

这些事天天往香莲耳朵里灌，她没别的辙，只能尽心出新样，把人们兴趣往小鞋上引。渐渐就觉出肚子空了没新词了拿不住人了。可眼下，自己就赛自己的脚，只要一松，几十年的劲白使，家里家外全玩完。只有一条道儿：打起精神顶着干。

一天，忽然一个短发时髦女子跌跌撞撞走进佟家大门。桃儿几个上去看，都尖声叫起来："二小姐回来了！"可再看，月桂的神色不对，赶忙扶回屋。全家人闻声都扭出房来看月桂，月桂正扎在她娘怀里哭成一个儿，白金宝抹泪，月兰也在旁边抹泪。吓得大伙儿猜她多半给洋人拐去，玩了脚失了贞。静下来，经香莲一问，嘛事没有，也没加入天足会放足会。她是随后街一个姓谢的闺女，偷偷去上女子学堂。女学生都兴放足，她倒是放了脚。香莲瞅了眼她脚下平底大布鞋，冷冷说：

"放脚不可以跑吗？干嘛回来？哭嘛？"

月桂抽抽搭搭委委屈屈说："您瞧，大娘……"就脱下平底大鞋，又脱下白洋线袜，光着一双脚没缠布，可并没放开，反倒赛白水煮鸭子，松松垮垮浮浮囊囊，脚指头全都紧紧蜷着根本打不开，上下左右磨得满是血泡，跗面肿得老高。看去怪可怜。

香莲说："这苦是你自己找的，受着吧！"说了转身回去。

旁人也不敢多待，悄悄劝了月桂金宝几句，纷纷散了。

多年来香莲好独坐着。白天在前厅，后晌在房里，人在旁边不耐烦，打发走开。可自打月桂回来，香莲好赛单身坐不住了，常常叫桃儿在一边做伴。有时夜里也叫桃儿来。两人坐着，很少三两句话。桃儿凑在油灯光里绣花儿，香莲坐在床边呆呆瞅着黑黑空空的屋角。一在明处，一在暗处，桃儿引她说话她不说，又不叫桃儿走开。桃儿悄悄撩起眼皮瞅她，又白又净又素的脸上任嘛看不出。这就叫桃儿费心思来——这两天吃饭时，香莲又拿话戗白金宝。自打月桂丢了半年多她对白金宝随和多了，可月桂一回家又变回来，对白金宝好大气。如果为了月桂，为嘛对月桂反倒没气？

过两天早上，她给香莲收拾房子，忽见床帐子上挂一串丝线缠的五彩小粽子。还是十多年前过端午节时，桃儿给莲心缠了挂在脖子上避邪的。桃儿是细心人，打莲心丢了，桃儿暗暗把房里莲心玩的用的穿的戴的杂七杂八东西全都收拾走，叫她看不见莲心的影儿。香莲明知却不问，两个人心照不宣。可她又打哪儿找到这串小粽子，难道一直存在身边？看上去好好的一点没损害，显然又是新近挂在帐子上的。桃儿心里赛小镜子，突然把香莲心里一切都照出来。她偷偷蹬上床边，扬手把小粽子摘下拿走。

下晌香莲就在屋里大喊大叫。桃儿正在井边搓脚布，待跑来时，杏儿不知嘛事也赶到。只见香莲通红着脸，床帐子扯掉一大块。枕头枕巾炕扫帚床单子全扔在地上。地上还横一根竹竿子。床底下睡鞋尿桶纸盒衣扣老钱，带着尘土全扒出来，上面还有一些蜘蛛潮虫子在爬。桃儿心里立时明白。香莲挑起眉毛才要质问桃儿，忽见杏儿在一旁便静了，转口问杏儿：

"这几天，月桂那死丫头跟你散嘛毒了？"

杏儿说："没呀，二少奶奶不叫她跟我们说话。"

香莲沉一下说："我要是听见你传说那些邪魔外道的话，撕破你们嘴！"说完就去到前厅。

整整一个后晌坐在前厅动都不动，赛死人。直到天黑，桃儿去屋里铺好床，点上蜡烛，放好脚盆脚布热水壶，唤香莲去睡。香莲进屋一眼看见那小粽子仍旧挂在原处，立时赛活了过来似的。叫桃儿来，脸上不挂笑也不吭声，送给桃儿一对羊脂玉琢成的心样的小耳环。

杏儿糊里糊涂挨了骂，挨了骂更糊涂。自打月桂回家后，香莲暗中嘱咐杏儿看住月桂，听她跟家里人说些嘛话。白金宝何等精明，根本不叫月桂出屋，吃喝端进屎尿端出，谁来都拿好话拦在门槛外边。只有夜静三更，娘仨聚在一堆儿，黑着灯儿说话。月桂噘起小嘴，把半年来外边种种稀罕事喊喊喳喳叨叨出来。

"妹子，你们那里还学个嘛？"月兰说。

"除去国文、算术，还有生理跟化学……"

"嘛嘛？嘛叫生——理？"

"就是叫你知道人身上都有嘛玩意儿。不单学看得见的，眼睛鼻子嘴牙舌头，还学看不见的里边的，比方心、肺、胃、肠子、脑子，都在哪儿，嘛样儿，有嘛用。"月桂说。

"脑子不就是心吗？"月兰说。

"脑子不是心，脑子是想事记事的。"

"哪儿有说拿脑子想事，不都说拿心想事记事吗？"

"心不能想事。"月桂在月光里小脸甜甜笑了，手指捅捅月兰脑袋说，"脑子在这里边。"又捅捅月兰胸口说，"心在这儿。你琢磨琢磨，你拿哪个想事？"

月兰寻思一下说：

"还真你对。那心是干嘛用的呢？"

"心是存血的。身上的血都打这里边流出来，转个圈再流回去。"

"呀！血还流呀！多吓人呀！这别是糊弄人吧！"月兰说。

"你哪儿懂，这叫科学。"月桂说，"你不信，我可不说啦！"

"谁不信，你说呀，你刚刚说嘛？嘛？你那个词儿是嘛？再说一遍……"月兰说。

白金宝说：

"月兰你别总打岔，好好听你妹子说……月桂，听说洋学堂里男男女女混在一堆儿，还在地上乱打滚儿。这可是有人亲眼瞧见的。"

"也是胡说。那是上体育课，可恨啦，可惜说了你们也不明白……要不是脚磨出血泡，我才不回来呢！"月桂说。

"别说这绝话！叫你大娘听见缝上你嘴……"白金宝吓唬她，脸上带着疼爱甚至崇拜，真拿闺女当圣人了，"我问你，学堂里是不是养一群大狼狗，专咬小脚？你的脚别是叫狗咬了吧！"

"没那事儿！根本没人逼你放脚。只是人人放脚，你不放，自个儿就别扭得慌。可放脚也不好受。发散，没边没沿，没抓挠劲儿，还疼，疼得实在受不住才回来，我真恨我这双脚……"

第二天一早，白金宝就给月桂的脚上药，拿布紧紧裹上。松了一阵子的脚，乍穿小鞋还进不去，就叫月兰找妯娌董秋蓉借双稍大些的穿上。月桂走几步，觉得生，再走几步，就熟了。在院里遛遛真比放脚舒服听话随意自如。月兰说：

"还是裹脚好，是不？"

月桂想摇头，但脚得劲，就没摇头，也没点头。

香莲隔窗看见月桂在当院走来走去，小脸笑着，露一口小白牙，她忽然灵机一动有了主意，打发小邬子去把乔六桥请来。商量整整半天，乔六桥回去一通忙，没过半月，就在《白话报》上见了篇不得了的文章。题目叫作《致有志复缠之姐妹》，一下子抓住人，上边说：

古人爱金莲，今人爱天足，并无落伍与进化之区别。古女皆缠足，今女多天足，也非野蛮与文明之不同。不过"俗随地异，美因时变"而已。

假若说，缠足妇女是玩物，那么，家家坟地所埋的女祖宗，有几个不是玩物？现今文明人有几个不是打那些玩物肚子里爬出来的？以古人眼光议论今人是非，固然顽梗不化；以今人见解批评古人短长，更是浑蛋至极。正如寒带人骂热带人不该赤臂，热带人骂寒带人不该穿皮袄戴皮帽。

假若说缠足女子，失去自然美，矫揉造作，那么时髦女子烫发束胸穿高跟皮鞋呢？何尝不逆反自然？不过那些时髦玩意儿是打外洋传来的，外国盛强，所以中国以学外洋恶俗为时髦，假若中国是世界第一强国，安见得洋人女子不缠足？

假若说小脚奇臭，不无道理，要知"世无不臭之足"。两手摩擦，尚发臭气，两脚裹在鞋里整天走，臭气不能消散，脚比手臭，理所当然。难道天足的脚能比手香？哪个文明人拿鼻子闻过？

假若说，缠足女子弱，则国不强。为何非澳土著妇女体强身健，甚于欧美日本，反不能自强，亡国为奴？

众姐妹如听放脚胡说，一旦松开脚布，定然不能行走。折骨缩肉，焉能恢复？反而叫天足的看不上，裹脚的看不起，姥姥不疼舅舅不爱。别人随口一夸是假的，自己受罪是真的。不如及早回头，重行复缠，否则一再放纵，后悔晚矣！复缠偶有微疼，也比放缠之苦差百倍，更比放脚之苦强百倍。须知肉体一分不适，精神永久快乐。古今女子，天赋爱美。最美女子都在种种不适之中。没规矩不能成方圆，无约束难以得至美。若要步入大雅之林，成就脚中之宝，缠脚女子切勿放脚，放脚女子有志复缠，有志复缠女子们当排除邪议，勇气当胸，以夺人间至美锦标，吾当祝尔成功，并祝莲界万岁！

文章署名不是乔六桥，而是有意用出一个"保莲女士"。这些话，算把十多年来对小脚种种贬斥诋毁挖苦辱骂全都有条有理有据有力驳了，也把放脚种种理由一样样挖苦尽了辱骂个够。文章出来，惊动天下。当天卖报的京报房铁门，都给挤得变形，跟手便有不少女人写信送到京报房，叙述自打大脚猖獗以来自己小脚受冷淡之苦，放脚不能走道之苦，复缠不得要领及手法之苦。真不知天底下还有这么多人对放脚如此不快不适不满。抓住这不满就大有文章可做。

这保莲女士是谁呢，哪儿去找这救人救世的救星？到处有人打听，很快就传出来"保莲女士"就是佟家大少奶奶戈香莲。这倒不是乔六桥散播的，而是桃儿有意悄悄告诉一个担挑卖脂粉的贩子。这贩子是出名的快嘴和快腿，一下比刮风还快吹遍全城。立时有成百上千放脚的女人到佟家请保莲女士帮忙复缠。天天大早，佟家开大门时，好比庚子年前早上开北城门一样热闹。一瘸一拐跌跌撞撞晃晃悠悠拥进来，有的还挽着扶着架着背着扛着抬着拖着，伸出的脚有的肿有的破有的烂有的变样有的变色有的变味嘛样都有。在这阵势下，戈香莲就立起"复缠会"，自称会长。这保莲女士的绰号，城里城外凡有耳朵不聋的，一天至少能听到三遍。

　　保莲女士自有一套复缠的器具用品药品手法方法和种种诀窍。比方：晨起热浸，松紧合度，移神忘疼，卧垫高枕，求稳莫急，调整脚步。这二十四字的《复缠诀》必得先读熟背熟。如生鸡眼，用棉胶圈垫在脚底，自然不疼；如放脚日子过长，脚肉变硬不利复缠，使一种"金莲柔肌散"或"软玉温香粉"；如脚破生疮淤血化脓烂生恶肉就使"蜈蚣去腐膏"或吞服"生肌回春丸"。这些全是参照潘妈的裹足经，按照复缠不同情形，琢磨出的法儿，都奏了奇效。连一个女子放了两年脚，脚跟胀成鸭梨赛的，也都重新缠得有模有样有姿有态。津门女人真拿她当作现身娘娘，烧香送匾送钱送东西给她。她要名不要利，财物一概不收，自制的用品药物也只收工本钱，免得叫脏心烂肺人毁她名声。唯有送来的大匾里里外外挂起来，烧香也不拒绝。佟家整天给香烟围着绕着罩着熏着，赛大庙，一时闹翻天。

　　忽一天，大门上贴一张画：

下边署着"天足会制"，把来复缠的女人吓跑一半。以为这儿又要打架闹事。香莲忙找来乔六桥商量。乔六桥说：

"顶好找人也画张画儿，画天足女子穿高跟鞋的丑样，登在《白话报》上，恶心恶心她们。可惜牛五爷走了，一去无音，不然他准干，他是莲癖，保管憎恨天足。"

香莲没言语，乔六桥走后，香莲派桃儿杏儿俩去找华琳，请他帮忙。桃儿杏儿马上就走，找到华家敲门没人，一推门开了，进院子敲屋门没人，一推屋门又开了。华琳竟然就在屋里，面对墙上一张白纸呆呆站着。扭脸看见桃儿杏儿，也不惊奇，好赛不认得，手指白纸连连说："好画！好画！"随后就一声接一声唉唉叹长气。

桃儿见他多半疯了，吓得一抓杏儿的手赶紧跑出来。迎面给一群小子堵上，看模样赛混星子，叫着要看小脚。她俩见势不妙，拨头就跑，可惜小脚跑不了，杏儿给按住，桃儿反趁机蹿进岔道溜掉。那些小子强把杏儿鞋脱了，裹脚布解了，一人摸一把光光小脚丫，还把两只小鞋扔上房。

桃儿逃到家，香莲知道出事，正要叫人去救杏儿，人还没去杏儿光脚回来了，后边跟一群拍手起哄小孩子。她披头散发，脸给自己拿土抹了，怕人认出来。可见了香莲就不住声叫着："好脚呵好脚，好脚呵好脚！"叫完仰脸哈哈大笑，还非要桃儿拿梯子上房给她找小鞋不可，眼神一只往这边斜，另一只往那边斜，好吓人，手脚忽东忽西没准。香莲见她这是惊疯，上去抢起胳膊使足劲"啪"一巴掌，骂道：

"没囊没肺，你不会跟他们拼！"

这大巴掌打得杏儿趴在地上哭起来，一地眼泪。香莲这才叫桃儿珠儿草儿，把她弄回屋，灌药，叫她睡。

桃儿说：

"这一准是天足会干的。"

香莲皱眉头呆半天，忽叫月桂来问：

"你可知道天足会？"

"知道。不过没往他们那儿去过。只见过他们会长。"

"会长？谁？"

"是个闺女，时髦打扮，模样可俊呢！"月桂说得露出笑容和羡慕。

"没问你嘛样，问你嘛人！"

吓得月桂赶紧收起笑容，说：

"那可不知道。只见她一双天足，穿高跟鞋，她到我们——不，到洋学堂里演讲，学生们待她……"

"没问学生待她怎样。她住在哪儿？"

"哟，这也不知道。听说天足会在英国地十七号路球场对过，门口挂着牌子……"

"你去过租界？"

月桂吞吞吐吐：

"去过……可就去过一次……先生领我们去看洋人赛马，那些洋人……"

"没问你洋人怎么逞妖。那闺女叫嘛？"

"叫俊英，姓……牛，对，人都叫她牛俊英女士。她这人可真是精神，她……"

"好！打住！"香莲赛拿刀切断她的话，摆摆手冷冷说，"你回屋去吧！"

完事香莲一人坐在前厅，不动劲，不叫任何人在身边陪伴，打天亮坐到天黑坐到点灯坐到打更整整一夜。桃儿夜里几次醒来，透过窗缝看见前厅孤孤一盏油灯儿前，香莲孤零零孤单单影儿。迷迷糊糊还见香莲提着灯笼到佟忍安门前站了许久，又到潘妈屋前站了许久。自打佟忍安潘妈死后，那俩屋子一直上锁，只有老鼠响动，或是天暗时一只两只三只蝙蝠打破窗洞飞出来。这一夜间，还不时响起杏儿的哭声笑声说胡话声……转天醒来，脑袋发沉，不知昨夜那情景是真眼瞧见还是做梦。她起身要去叫香莲起床，却见香莲已好好坐在前厅。又不知早早起了还是一夜没回屋。神气好比吃了秤砣铁了心，沉静非常，正在把一封书信交给小邬子，嘱咐他往租界里的天足会跑一趟，把信面交那个姓牛的小洋娘儿们！

中晌，小邬子回来，带信说，天足会遵照保莲女士倡议，三天后在马家口的文明大讲堂，与复缠会一决高低。

第十五回　天足会会长牛俊英

马家口一座灰砖大房子门前，人聚得赛蚂蚁打架。虽说瞧热闹来的人不少，更多还是天足缠足两派的信徒。要看自己首领与人家首领，谁强谁弱谁胜谁败谁更能耐谁废物。信徒碰上信徒，必定豁命。世上的事就这样，认真起来，拿死当玩儿；两边头儿没来，人群中难免互相摩擦斗嘴做怪脸说脏话厮厮打打扔瓜皮梨核柿子土片小石子，还把脚亮出来气对方。小脚女子以为小脚美，亮出来就惹得天足女子一阵哄笑；天足女子以为天足美，大脚一扬更惹得小脚女子捂眼捂鼻子捂脸，各拿自己尺子量人家，就乱了套。相互揪住衣襟袖口脖领腰带，有几个扯一起，劲一大，打台阶呼噜噜骨碌下来。首领还没干，底下人先干起来，下边比上边闹得热闹，这也是常事。

一阵开道锣响，真叫人以为回到大清时候，府县大人来了那样。打远处当真过来一队轿子，后边跟随一大群男男女女，女的一码小脚，男的一码辫子。当下大街上，剪辫子、留辫子、光头、平头、中分头、缠脚、缠足放、复缠脚、天足、假天足、假小脚、半缠半放脚，全杂在一起，要嘛样有嘛样。可是单把留辫子男人和小脚女人聚在一堆儿，也不易。这些人都是保莲女士的铁杆门徒，不少女子复缠得了戈香莲的恩泽。今儿见她出战天足会，沿途站立拈香等候，轿子一来就随在后边给首领壮威，一路上加入的人愈来愈多，香烟滚滚黄土腾腾到达马家口，竟足有二三百人，立时使大讲堂门前天足派的人显得势单力薄。可人少劲不小，有人喊一嗓子："棺材瓢子都出来啦！"天足派齐声哈哈笑。

不等缠足派报复，一排轿子全停住，轿帘一撩，戈香莲先走出来，许多人还是头次见到这声名显赫的人物。她脸好冷好淡好静好美，一下竟把这千百人大场面压得死静死静。跟手下轿子的是白金宝、董秋蓉、月兰、月桂、美子、桃儿、珠儿、草儿，还有约来的津门缠足一边顶梁人物严美荔、刘小小、何飞燕、孔慕雅、孙姣凤、丁翠姑和汪老奶奶。四围一些缠足迷和莲癖，能够指着人道出姓名来。听人们一说，这派将帅大都出齐，尤其汪老奶奶与佟忍安同辈，算是先辈，轻易不上街，天天却在《白话报》上狠骂天足"不算脚"，只露其名不现其身，今儿居然挂着拐杖而来。眼睛虚乎面皮晃白，在大太阳地一站好赛一条灰影。这表明今儿事情非同小可。比拼死还高一层，叫决死。

众人再看这一行人打扮，大眼瞪小眼，更是连惊叹声也发不出。多年不见的前清装束全搬出来。老东西那份讲究，今人绝做不到。单是脑袋上各式发髻，都叫在场的小闺女看傻了。比方堕马髻双盘髻一字髻元宝髻盘辫髻香瓜髻蝙蝠髻云头髻佛手髻鱼头髻笔架髻双鱼髻双鹊髻双凤髻双龙髻四龙髻八龙髻百龙髻百鸟髻百鸟朝凤髻百凤朝阳髻一日当空髻。汪老太太梳的苏州鬏子也是嘉道年间的旧式，后脑勺一缕不用线扎单靠挽法就赛喜鹊尾巴硬挺挺撅起来。一些老婆婆，看到这先朝旧景，勾起心思，噼里啪啦掉下泪来。

佟家脚，天下绝。过去只听说，今儿才眼见。都说看景不如听景，可这见到的比听到的绝得何止百倍。这些五光十色小脚在裙子下边咪咪溜溜忽出忽进忽藏忽露忽有忽无，看得眼珠子发花，再想稳住劲瞧，小脚全没了。原来，一行人已经进了大讲堂。众人好赛梦醒，急匆匆跟进去，马上把讲堂里边拥个大满罐。

香莲进来上下左右一瞧，这是个大筒房，倒赛哪家货栈的库房，到顶足有五丈高，高处一横排玻璃天窗，奔拉一根根挺长的拉窗户用的麻绳子。迎面一座木头搭的高台，有桌有椅，墙壁挂着两面交叉的五色旗，上悬一幅标语："要做文明人，先立文明脚。"四边墙上贴满天足会的口号，字儿写得倒不错，天足会里真有能人。

两个男子臂缠"天足会"袖箍飞似的走来一停，态度却很是恭敬，请戈香莲一行台上去坐。香莲率领人马上台一看，桌椅八字样分列两边，单看摆法就拉开比脚的阵势。香莲她们在右边一排坐下来。桃儿站在香莲身后说：

"到现在还不见乔六爷来。小邬子给他送信时他说准来。六爷向例跟咱们那么铁，难道怕了不肯来？"

香莲听赛没听，脸色依然很冷很淡，沉一下才说：

"一切一切不过那么回事儿！"

桃儿觉得香莲心儿是块冰。她料也没料到。原以为香莲斗志很盛，心该赛火才是。

这时人群中一个戴帽翅、后脑勺垂一根辫子的小个子男人蹦起来说："天足会首领呢？脓啦？吓尿裤出不来啦！"跟着一阵哄笑，笑声才起，讲台一边小门忽开，走出几个天足会男子，进门就回头，好赛后边有嘛大人物出场。立时一群时髦女子登上台，乍看以为一片灯，再看原是一群人。为首一个标致漂亮精神透亮，脸儿白里透红，嘴唇红里透光，黑眼珠赛一对黑珍珠，看谁照谁。长发披肩，头顶宽檐银色软帽，帽檐插三根红鸟毛。一件连身金黄西洋短裙，裙子上缝两圈黄布做的玫瑰花。没领子露脖子，没袖子露胳膊，溜光脖子上一条金链儿，溜光腕子上一个金镯儿，镶满西洋钻石。短裙才到膝盖，下边光大腿，丝光袜子套赛没套，想它是光的就是光的，脚上一双大红高跟皮鞋，就好比蹚着两朵大火苗子，照得人人睁不开眼闭不上眼。许多人也是头次见到这位声势逼人的天足会会长。虽然这身洋打扮太离奇太邪乎太张狂太放肆太欺人，可她一股子冲劲兴劲鲜亮劲，把台下想起哄闹事的缠足派男男女女压住。没人出声，都傻子赛的拿眼珠子死死盯着牛俊英露在外边的脖子胳膊大腿。天足派人见了禁不住咯咯呵呵笑起来。这边反过来又压住那边。

戈香莲一行全起身，行礼。唯有汪老太太觉得自己辈分高不该起来，坐着没动劲，可别人都站起来，挡住她，反看不见她。桃儿上前，把戈香莲等一一介绍给牛俊英。

戈香莲淡淡说：

"幸会，幸会。"

牛俊英小下巴向斜处一扬，倒赛个孩子，她眼瞧戈香莲，含着笑轻快地说：

"原来你就是保莲女士。文章常拜读。认识你很快乐。你真美！"

这话说得缠足派这边人好奇怪，不知这小娘们怀嘛鬼胎。天足派都听懂，觉得他们头头够气派又可爱，全露出笑脸。

戈香莲说：

"坐下来说可好？"

牛俊英手一摆，说句洋话："Ok！"一扭屁股坐下来。

缠足派人见这女人如此放荡，都起火冒火发火撒火喷火，有的说气话有的开骂。月桂对坐在身边的月兰悄声儿说：

"我们学堂里也没这么俊的。瞅她多俊，你说呢？"

月兰使劲瞧着，一会儿觉得美，一会儿觉得怪，不好说，没说。

戈香莲对牛俊英发话：

"今儿赛脚，怎么赛都成，你说吧，我们奉陪！"

牛俊英听了一笑，嘴巴上小酒窝一闪，把右腿往左腿上一架，一只大红天足好赛伸到缠足派这边人的鼻尖前，惹得这派人台上台下一片惊呼，如同看见条大狗。

戈香莲并不惊慌，也把右腿架在左腿上，同时右手暗暗一拉裙子，裙边下一只三寸金莲没藏没掖整个亮出来。这小脚要圆有圆要方有方该窄就窄该尖就尖有边有角有直有弯又柔又韧又紧又润。缠足派不少人头次见戈香莲小脚，又是没遮没掩看个满眼，大饱了眼福。中间有人总疑惑她名实不符，拿出带钩带尖带刺最挑剔的眼，居然也挑不出半点毛病。再说这双银缎小鞋，层层绣花打底墙到鞋口一圈压一圈，葫芦万代，缠枝牡丹，富贵无边，锦浪祥云，万字不到头，没法再讲究了……为这双鞋，没把桃儿累吐血就认便宜。再配上湖蓝面绣花漆裤，打古到今，真把莲饰一门施展到尽头。这一亮相，鼓足缠足派士气，欢呼叫好声直撞屋顶，天窗都呼扇呼扇动。只有桃儿心里一抖，她猛然看出这鞋料绣线，除去蓝的就是白的灰的银的，这是丧鞋？虽然这一切都是戈香莲点名要的，自己绣活时怎么就没品出来，这可不吉利！

牛俊英那边却眯着眼咧嘴笑，露出一口齐齐小白牙，一对打着旋儿小酒窝，这一笑倒真是讨人喜欢。她对戈香莲说：

"你错了！"

"怎么？"

"你这叫赛鞋，不叫赛脚，赛脚得这样，你看——"

说着她居然一下把鞋脱下来，大红皮鞋"啪啪"扔在地上，又把丝光袜子赛揭层皮似的，也脱下来扔一边，露出光腿光脚肉腿肉脚，缠足派大惊，这女子竟然肯光脚丫子给人瞧！有骂有叫有哄也有不错眼的看。居然得机会看一个陌生女子的光脚，良机千万不能错过。天足派的人却都"啪啪"起劲鼓掌助兴助阵，美得他们首领牛俊英摇脚腕子晃大脚，拿脚跟台下自己人打招呼。汪老太太猛地站起，脸刷白嘴唇也刷白，叫道："我头晕！我头晕！"晃晃悠悠站不住，桃儿马上叫人挽住汪老太太，一阵忙乎架出去，上轿回家。

香莲脸上没表情，心里咚咚响。这天足女子也叫她看怔看惊看呆看傻了。光溜溜腿，光溜溜脚丫子，皮肤赛绸缎，脚趾赛小鸟头，又光又润又嫩又灵，打脚面到脚心，打脚跟到脚尖，柔韧弯曲，一切天然，就赛花儿叶儿鱼儿鸟儿，该嘛样就嘛样，原本嘛样就嘛样，拿就拿出来看就看，可自己的脚怎么能亮？再说真亮出来一比，还不赛块烤山芋？

偏偏天足派有人叫起阵来：

"敢脱鞋光脚叫我们瞧瞧吗？包在里头，比嘛？"

"保莲女士，看你的啦！"

"你有脚没脚？"

"再不脱鞋就认输啦！"

愈闹愈凶。

多亏缠足派有个机灵鬼，拿话顶住对方：

"母鸡母鸭子才不穿鞋呢！伤风败俗，不以为耻，反以为荣，还不快把那皮篓子穿上！"

这一来，两边对骂起来。挨骂的却是两派的首领。戈香莲脸皮直抖，手尖冰凉脚尖麻。天足会那闺女牛俊英倒赛没事，哈哈乐，觉得好玩儿。索性打裙兜里掏出洋烟卷点着，叼在嘴上吸两口，忽然吐出一个个烟圈，颤颤悠悠往上滚，一圈大，一圈小，一圈急，一圈缓。这又小又急的烟圈，就打那又大又缓的烟圈中间稳稳当当穿过去。众人——不管缠足还是天足，都齐出一声"咦"，没人再闹再骂再出声，要看这闺女耍嘛花样，只见这小烟圈徐徐降落，居然正好套在她跷起的大脚指头上，静静停了不动。这手真叫人看对眼了。跟手见她大脚趾一抖，把烟圈搅了，散成白烟没了。烟圈奇，脚更灵。缠足派以为这是牛俊英亮功夫，明知自己一边没人有这功夫，全都闭嘴拿眼看。只见又一个烟圈落下来又套在脚指头上，再搅散再来，一个又一个，最后那大烟圈就稳稳降下不偏不斜刚好套在脚正中，她脚脖子一转，雪白天足带着烟圈绕个弯儿，脚心向上一扬，白烟散开，脚心正对着戈香莲。戈香莲一看这掌心正中地方，眼睛一亮，亮得吓人，跟着人往前头一栽"哐当"趴在地上。

一个女子嘴极快，跟手一嗓子：

"保莲女士吓昏了！"

一下子，缠足派兵败如山倒。天足派并没动手，小脚女人吓得杀鸡宰羊般往外跑，有的叫声比笛儿还尖，可跑也跑不动，你撞我我撞你，砸成一堆堆。等看出天足派人没上手，只站在一边看乐，才依着顺序打上边到下边一个个爬起来撒丫子逃走。

佟家人一团乱回到家，赶紧关大门，免不了有好事的闹事的爱惹事的跟到门前，拿砖头土块一通轰击。里外窗户全部砸得粉粉碎，复缠会也就垮了。转天小脚女人没人再敢上街。可谁也不明白，为嘛天足会那闺女脚丫子一扬，复缠会这样有身份有修行的首领，立时就完蛋呢？

第十六回　高士打道三十七号

隔着复缠会惨败后近一个月，一个瘦溜溜中国女子，打城里来到租界。胳膊挎个小包袱，脚上一双大布鞋，走起来却赛裹脚的，肩膀晃屁股扭身子朝前探。迎面来两个高大洋人，一个红胡子，一个黑胡子。见她怔住看，拿半生不熟的中国话问她："小脚吗？"四只蓝眼珠子直冒光。

这女子慌忙伸出大鞋给他俩看，表示自己不是小脚。俩洋人连说"闹，闹，闹"，不知要闹嘛，还使劲摇头还耸肩还张嘴大笑。打这黑的红的胡子中间直能看到嗓子眼儿。吓得这女子连连往后退，以为俩洋人要欺侮她。不料俩洋人对她说两声"拜拜"之类浑话便笑呵呵走了。

这女子就分外小心，只要远远见洋人走来立时远远避开。见到中国人就上去打听道儿，幸好没费太大周折找到了高士打道三十七号门牌。隔着大铁栅栏门，又隔着大花园，是座阔气十足白色大洋楼。她叫开门，就给一位大脚女用人领进楼，走进一座亮堂堂大厅。看见满屋洋摆饰有点见傻，她却没心瞧这些洋玩意儿，一眼找到天足会会长牛俊英，懒懒躺在大软椅上，光溜溜脚丫子架在扶手上边，头上箍一道红亮缎带。一股子随随便便自由自在劲儿，倒也挺舒服挺松快挺美，不使劲不费劲不累。她见这女子进来，没起身，打头到脚看两遍，白嘴巴现出一对酒窝，笑道：

"你把小脚外边的大鞋脱去，到我这儿来，用不着非得大脚。"

这女子怔了怔，脱下鞋，一双小脚踏在地板上。牛俊英又说：

"我认得你，复缠会的，那天在马家口比脚，你就站在保莲女士身后，对吧？你找我做什么？替那个想死在裹脚布里的女人说和，还是来下帖子，再比？"

她眼里闪着挑逗的光。

"小姐这么说要折寿的。"没料到这女子的话软中带硬，"我找你有要紧的事。"

"好——说吧！"牛俊英懒懒翻个身，两手托腮，两只光脚叠在一起直搓，调皮地说，"这倒有趣。难道复缠会还要给我裹脚？你看我这双大脚还能裹成你们保莲女士那样的吗？"

"请小姐叫旁人出去！"这女子口气如下令。

牛俊英秀眉惊奇一扬，见复缠会的死党真有硬劲犟劲傲劲，心想要和这女子斗一斗，气气她。便笑了笑，叫用人出去，关上门，说：

"不怕我听，你就说。"

可是牛俊英料也没料到这女子神情沉着异常，声调不高不低，竟然不紧不慢说出下边几句话：

"小姐，我是我们大少奶奶贴身丫头，叫桃儿。我来找你，事不关我，也不关我们大少奶奶了，却关着你！有话在先，我先问你十句话，你必答我。你不答，我扭身就走，将来小姐你再来找我，甭想我搭理你。你要有能耐逼死我，也就再没人告你了！"

这话好离奇好强硬，牛俊英不觉知，已然坐起身。她虽然对这女子来意一无所知，却感到分明不是一般，但打脸上任嘛看不出。她眨眨眼说：

"好。咱们真的对真的，实的对实的。"

这牛俊英倒是痛快脾气。桃儿点点头，便问：

"这好。我问你，牛凤章是你嘛人？"

"他……你问他做什么？你怎么认得他的？"

"咱们说好的，有问必答。"

"噢……他是我爹。"

这女子冷淡一笑——这才头次露出表情，偏偏更叫人猜不透。不等牛俊英开口，这女子又问：

"他当下在哪儿？小姐，你必得答我。"

"他……头年死在上海了。抓革命党时，大街上叫军警的枪子儿错打在肚子里。"

"他死时，你可在场？"

"我守在旁边。"

"他给了你一件东西，是吧！"

牛俊英一惊，屁股踮得离开椅面：

"你怎么会知道？"

桃儿面不挂色，打布包里掏出个小锦盒。牛俊英一见这锦盒，眼珠子瞪成球儿，瞅着桃儿拿手指抠开盒上的象牙别子，打开盒盖，里边卧着半个虎符。牛俊英大叫：

"就是它，你——"

桃儿听到牛俊英这叫声，自己嘴唇止不住哆嗦起来，声音打着战说：

"小姐，把你那半个虎符拿来，合起来瞧瞧。合不上，我往下嘛也不能说了。"

牛俊英急得来不及穿鞋，光脚跑进屋拿来一个一模一样小锦盒，取出虎符，交给桃儿两下一合正好合上，就赛一个虎打当中劈开两半。铜虎虎背嵌着纯银古篆，一半上是"与雁门太守"，一半上是"为虎符第一"。桃儿大泪珠子立时一个个掉下来，砸在玻璃茶几上，四处迸溅。

牛俊英说：

"我爹临死才交我这东西。他告我说，将来有人拿另一半虎符，能合上，就叫我听这人的。无论说什么我都得信。这人原来就是你！你说吧，骗我也信！"

"我干嘛骗你。莲心！"

"怎么——"牛俊英又是一惊，"你连我小名都知道？"

"干嘛不知道。我把屎把尿看你整整四年。"

"你到底是谁？"

"我是带你的小老妈。你小时候叫我'桃儿妈妈'。"

"你？那我爹认得你，为什么他从没提过你……"

"牛五爷哪儿是你爹。你爹姓佟，早死了，你是佟家人，你娘就是那天跟你比脚的戈香莲！"

"什么？"牛俊英大叫一声，声音好大，人打椅子直蹿起来。一时她觉得这事可怕到可怕至极，直怕得全身汗毛都爹起来。"真的？这不可能！我爹生前为嘛一个字儿没说过？"

"那牛五爷为嘛临死时告你，跟你合上虎符的人说嘛都让你信？你还说，骗你都信。可我为嘛骗你？我倒真想瞒着你，不说真的，怕你受不住呢！"

"你说，你说吧……"牛俊英的声音也哆嗦起来。

桃儿便把莲心怎么生，怎么长大，怎么丢，把香莲怎么进佟家门，怎么受气受欺受罪，怎么掌家，一一说了。可一说起这些往事就沉不住气，冲动起来不免东岔西岔。事是真的，情是真的，用不着能说会道，牛俊英已是满面热泪，赛洗脸似的往下流……她说：

"可我怎么到牛家来的？"

"牛五爷上了二少爷和活受的贼船，就是他造假画坑死了你爷爷。你娘要报官，牛五爷来求你娘。你娘知道牛五爷人并不坏，就是贪心，给人使唤了。也就抓这把柄，给他一大笔钱，把你交给他，同时还交给他这半个虎符，预备着将来有查有对……"

"交他干嘛？你不说我是丢的吗？"

"哪儿是真丢。是你娘故意散的风，好叫你躲过裹脚那天！"

"什么？"这话惊得牛俊英第二次打椅子蹿起来，"为什么？她不是讲究裹脚的吗？干什么反不叫我裹？我不懂。"

"对这事，我一直也糊涂着……可是把你送到牛家，还是我抱去的。"

牛俊英不觉叫道：

"我娘为什么不早来找我？"

"还是你爷爷出大殡那天，你娘叫牛五爷带你走了，怕待在城里早晚叫人知道。当时跟牛五爷说好无论到哪儿都来个信，可一走就再没音信，谁知牛五爷安什么心。这些年，你娘没断叫我打听你的下落。只知道你们在南边，南边那么大，谁都没去过，怎么找？你娘偷偷哭了何止几百泡儿。常常早晨起来枕头都赛水洗过那么湿。哪儿知你在这儿，就这么近！"

"不，我爹死后，我才来的。我一直住在上海呀……可你们怎么认出我来的？"

"你右脚心有块记。那天你一扬脚，你娘就认出你来了！"

"她在哪儿？"牛俊英"唰"地站起来，带着股热乎乎火辣辣劲儿说，"我去见她！"

可是桃儿摇头。

"不成？"牛俊英问。

"不……"桃儿还是摇头。

"她恨我？"

"不不，她……她不会再恨谁了。别人也别恨她就是了。"桃儿说到这儿，忽然平静下来。

"怎么？难道她……"牛俊英说，"我有点怕，怕她死了。"

"莲心，我要告诉你晚了，你也别怪我。你娘不叫我来找你。那天她认出你回去后，就把这半个虎符交给我，只说了一句：'事后再告她。'随后就昏在床上，给她吃不吃，给她喝不喝，给她灌药，她死闭着嘴，直到断气后我才知道，她这是想死……"

牛俊英整个呆住。她年轻，原以为自己单个一个，无牵无扯无勾无挂自由自在随心所欲，哪儿知道世上这多事跟她相连，更不懂得这些事的缘由根由。可才有的一切，转眼又没了，抓也抓不住。她只觉又空茫又痛苦又难过又委屈，一头扑在桃儿身上，叫声"桃儿妈妈"，抱头大哭，不住嘴叫着：

"是我害死我娘的！是我害死我娘的！要不赛脚她不会死。"

桃儿自己已经稳住了劲儿。说的话也就能稳住对方：

"你一直蒙在鼓里，哪儿能怪你。再说，她早就不打算活了，我知道。"

牛俊英这才静一静，扬起俊俏小脸儿，迷迷糊糊地问：

"你说，我娘她这是为嘛呢？她到底为嘛呀！"

桃儿说嘛？她拿手抹着莲心脸上的泪，没吭声。

人间事，有时有理，有时没理，有时有理又没理没理又有理。没理过一阵子没准变得有理，有理过一阵子又变得没理。有理没理说理争理在理讲理不讲理道理事理公理天理。有理走遍天下，没理寸步难行。事无定理，上天有理。公说公有理，婆说婆有理。别再绕了，愈绕愈糊涂。

佟家大门贴上"恕报不周"，又办起丧事来。保莲女士的报丧帖子一撒，来吊唁的人一时挤不进门。一些不沾亲不带故的小脚女人都是不请自来，不顾自己爹妈高兴不高兴，披麻戴孝守在灵前，还哭天抹泪，小脚踩得地面"噔噔噔噔"响。天足会没人来，也没起哄看乐的，不论生前是好是歹，看死人乐，便是缺德。只是四七时候，小尊王五带一伙人，内里有张葫芦、孙斜眼、董七把和万能老李，都是混星子中死签一类人物，闹着非要看大少奶奶的仙足。说这回看不上，这辈子甭想再看这样好脚了。佟家忙给一人一包银子，请到厢房酒足饭饱方才了事。至此相安无事，只等入殓出殡下葬安坟。可入殓前一天，忽来一时髦女子，穿白衣披白纱足登雪白高跟皮鞋，脸色也刷白，活活一个白人，手捧一束鲜花，打大门口，踩着地毯一步步缓缓走入灵堂，月桂眼尖，马上说：

"这是天足会的牛俊英！瞧她脚，她怎么会来呢？"

月兰说：

"黄鼠狼给鸡吊孝，准不安好心！"

桃儿拉拉她俩衣袖，叫她俩别出声。只见牛俊英把鲜花往灵床上一放，打日头在院子当中，直直站到日头落到西厢房后边，纹丝没动，眼神发空，不知想嘛。最后深深鞠四个躬，每个躬都鞠到膝盖一般深，才走。佟家人全副戒备候着她，以为她要闹灵堂，没料到这么轻而易举走掉，谁也不明白怎么档子事。活人中间，唯有桃儿心里明白，又未必全明白。但这一切就算在她心里封上了，永远不会再露出来。

此时，经棚里鼓乐奏得正欢。这次丧事，是月桂一手经办。照这时的规矩，不仅请了和尚、尼姑、道士、喇嘛四棚经，还请来马家口洋乐队和教堂救世军乐队，一边袈裟僧袍，一边制服大檐帽，领口缝着"救世军"黄铜牌；一边笙管笛箫，一边铜鼓铜号，谁也不管谁，各吹各的，声音却混在一块儿。起初，白金宝反对这么办，可当时阔人办丧事没有洋乐队不显阔。这么干为嘛？无人知也无人问，兴嘛来嘛，就这么摆上了。

牛俊英打佟家出来时，脑袋发木腿发酸，听了整整一下午经乐洋乐，耳朵不赛自己的了，甚至不知自己是谁，姓牛还是姓佟。这当儿大门口，一群孩子穿开裆裤，正唱歌：

救世军，

瞎胡闹，

乱敲鼓，

胡吹号。

边唱边跳，脑袋上摇晃着扎红线的朝天杵，裤裆里摇晃着太阳晒黑的小鸡儿。

1985.7.30 初稿天津

1985.10.14 定稿美国艾奥瓦州

图书在版编目（CIP）数据

好嘴杨巴 / 冯骥才著 . —长沙：湖南文艺出版社，2020.3

ISBN 978-7-5404-9489-6

Ⅰ . ①好… Ⅱ . ①冯… Ⅲ . ①中篇小说—小说集—中国—当代②短篇小说—小说集—中国—当代 Ⅳ . ① I247.7

中国版本图书馆 CIP 数据核字（2019）第 290715 号

上架建议：经典·文学

HAOZUI YANG BA
好嘴杨巴

作　　者：冯骥才
出 版 人：曾赛丰
责任编辑：刘诗哲
监　　制：毛闽峰　李　娜
特约策划：张若琳
特约编辑：孙　鹤
营销编辑：吴　思　刘　珣　焦亚楠
封面设计：尚燕平
版式设计：梁秋晨
封面插图：[日]纳村公子
内文插图：[日]纳村公子
出　　版：湖南文艺出版社
　　　　　（长沙市雨花区东二环一段 508 号　邮编：410014）
网　　址：www.hnwy.net
印　　刷：嘉业印刷（天津）有限公司
经　　销：新华书店
开　　本：875mm × 1230mm　1/32
字　　数：177 千字
印　　张：8
版　　次：2020 年 3 月第 1 版
印　　次：2020 年 3 月第 1 次印刷
书　　号：ISBN 978-7-5404-9489-6
定　　价：45.00 元

若有质量问题，请致电质量监督电话：010-59096394
团购电话：010-59320018